KB246138

大中原
대중원

임영기 新무협 판타지 소설

FANTASTIC ORIENTAL HEROES

대중원 6

임영기 新무협 판타지 소설

초판 1쇄 찍은 날 § 2011년 5월 16일
초판 1쇄 펴낸 날 § 2011년 5월 20일

지은이 § 임영기
펴낸이 § 서경석

총괄팀장 § 유경화
편집 § 어정원

펴낸곳 § 도서출판 청어람
등록번호 § 제1081-1-89호
등록일자 § 1999. 5. 31
어람번호 § 제2-2090호

주소 § 경기도 부천시 원미구 심곡2동 163-2 서경B/D 3F (우) 420-822
전화 § 032-656-4452 팩스 § 032-656-4453
http://www.chungeoram.com
E-mail § chungeoram@chungeoram.com

ISBN 978-89-251-2509-1 04810
ISBN 978-89-251-2440-7 (세트)

대중원 大中原

임영기 新무협 판타지 소설

FANTASTIC ORIENTAL HEROES

6 혈우당(血雨堂)

도서출판 청어람

目次

第六十章
잠행 (潛行)

大中原

진검룡은 천천히 징강지부주를 향해 걸어가고 그 뒤를 부
상쾌가 따랐다.

　징강지부주 등은 웃고 떠드느라 진검룡과 부상쾌가 다가
오는 것도 모르고 있었다.

　아니, 누군가 삼층 창으로 소리없이 들어설 것이라는 사실
을 예상하지 못했을 것이라는 표현이 맞다.

　징강지부주는 귀야도(鬼夜刀) 막화(莫和)라는 자인데 사십
오 세 정도의 나이에 중간 키, 가늘게 째진 날카로운 눈을 지
녔고, 얄팍하면서도 다부진 입은 고집스러워 보였다.

　"어? 넌 뭐냐?"

귀야도 막화와 오른쪽에 있는 두 명은 여전히 아무것도 모르고 있는데, 왼쪽에 있는 두 명이 뒤늦게 정면에서 걸어오고 있는 진검룡과 부상쾌를 발견하고 놀라는 표정으로 소리쳤다.

그러자 다른 자들도 진검룡을 돌아보면서 놀라기도 하고 어이없다는 표정을 지었다.

진검룡은 막화의 오른쪽 세 걸음쯤에 멈추고 조용히 말했다.

"귀하가 사황벌 징강지부주인가?"

막화는 별로 놀라지도 않고 취기가 오른 벌건 얼굴에 어이없다는 표정을 떠올렸다.

"그렇다. 너는 누구냐?"

"천의맹 곤명지부 경혼조장이다."

"조장?"

순간 막화를 비롯한 네 명이 고개를 젖히고 한꺼번에 웃음을 터뜨렸다.

"와핫핫핫핫! 곤명지부 조장이라고?"

"푸하하하! 조장께서 길을 잃으셨나? 여기엔 무슨 일로 왕림하신 겐가?"

그들은 진검룡과 부상쾌가 창을 통해서 들어왔다는 사실을 미처 모르고 있는 것이 분명했다.

그러나 막화의 왼쪽 두 번째에 앉은 한 명은 웃지 않고 뚫어지게 진검룡을 주시하고 있었다.

그는 징강지부 총당주인 사명창(死命槍) 양곤(楊坤)이라는 자인데, 삼십여 세 정도의 나이에 깡마른 체구와 날카로운 눈을 지녔다.

그는 진검룡을 처음 보지만, 곤명지부 일별조 경혼조와 경혼조장에 대해서는 많은 소문을 들어서 잘 알고 있었다.

그래서 진검룡이 자신의 신분을 밝힐 때 크게 놀랐으며, 그가 무엇 때문에 불쑥 찾아왔는지를 짐작했다.

또한 사명창 양곤은 귀주성과 사천성의 돌아가는 형세가 이상하다면서 만반의 준비를 갖추자고 지부주인 막화에게 매일 진언을 올리는 유일한 인물이었다.

막화 등이 가소롭다는 듯 비웃어도 진검룡은 표정조차 변하지 않고 예의 무심한 얼굴로 말했다.

"나는 천의맹 곤명지부주의 밀령 자격으로 사황벌 징강지부주를 만나러 왔다."

막화는 취기 때문에 벌겋게 된 눈에 은은히 노기를 띠었다.

"이놈! 조장 주제에 무례하구나!"

"무지보다는 무례가 낫다."

"뭐라? 무지?"

"혈풍이 코앞까지 닥쳤는데도 모르고 있으니 무지가 아니고 무엇이냐?"

"혈풍?"

막화는 어이없다는 듯 코웃음을 쳤다.

"혈마련이 곧 운남성에 쳐들어올 것이라는 헛소리 말이냐?"

그 말에 오른쪽 첫 번째에 앉아 있던 뚱뚱한 중년인이 웃음을 터뜨렸다.

"푸하하하! 그렇다면 우리 안순지부가 혈마련에 당했다는 말이로군!"

그는 안순지부주 혼야도(魂夜刀) 관보(關普)라는 자이며, 예전에 귀야도 막화와 더불어 쌍야도(雙夜刀)로 귀주성과 운남성 일대에서 꽤 이름을 날렸었다. 또한 막화와 관보는 형제처럼 절친한 사이다.

진검룡은 차갑게 관보를 굽어보았다.

"너는 안순지부가 누구에게 멸문됐는지도 모르는구나."

관보는 정곡을 찔린 듯 움찔했다.

"모, 모르기는⋯⋯."

"저 혼자 살겠다고 수하들을 내버려 둔 채 도망쳤으니 모를 수밖에 없겠군."

"이⋯ 이놈!"

진검룡이 마치 눈으로 본 것처럼 말하자 관보는 움찔 놀랐다가 치욕으로 살찐 몸을 부르르 떨었다.

막화와 다른 사람들은 관보를 쳐다보았다. 방금 진검룡이 한 얘기는 관보가 했던 말과 다르기 때문이다.

관보는 철검방의 천여 명 무사들이 급습을 해서 자신이 수하들을 이끌고 끝까지 저항했으나 중과부적이라 결국 총관과 소수의 수하들만 겨우 도주했다고 말했다.

"이놈! 무슨 헛소리냐?"

순간 관보는 옆에 놓아둔 도를 집어 들고 퉁기듯이 일어나면서 버럭 외쳤다.

"잠깐!"

그때 맞은편의 사명창 양곤이 소리쳐서 관보를 제지했다.

관보는 막 도를 뽑으려다가 멈추고 양곤을 돌아보았다.

양곤은 오른손에 자신의 무기인 창을 지팡이처럼 쥐고 묵직하게 일어서며 말했다.

"그의 말을 더 들어봅시다."

"저따위 놈 헛소리는 들어보나마나야! 대체 뭘 들어보겠다는 건가?"

관보는 목에 핏대를 세우고 소리를 질렀다.

"더구나 저놈은 우리의 적인 천의맹 놈이 아닌가?"

양곤은 정색을 하며 진검룡을 가리켰다.

"저자의 말을 듣지 못하게 하는 이유가 저자의 말이 맞기 때문입니까? 만약 지부주의 말씀이 옳다면 저자의 말을 듣지 못하게 막을 이유가 없지 않겠습니까?"

"뭐어?"

관보는 말문이 막히는 표정을 지었다.

"안순지부가 누구에게 멸문을 당했는지 지부주께서 모른다는 저자의 말을 나는 믿습니다."

양곤은 뭔가 각오를 단단히 한 듯 다부진 표정으로 관보를 똑바로 주시했다.

얼굴이 붉으락푸르락해진 관보는 양곤을 가리키면서 막화에게 어이없다는 듯 항의했다.

"막 형, 저놈이 하는 말 들었소? 저놈이 지금 나를 모함하고 있소!"

"양곤! 관 형에게 사과해라!"

막화는 손으로 팔걸이를 세게 두드리며 양곤을 꾸짖었다. 엄포가 아니다. 그는 여차하면 양곤을 베기라도 할 기세다.

그는 관보를 친형제처럼 여기기 때문에 관보가 당하는 치욕을 자신이 똑같이 당하는 것처럼 여겼다.

막화의 꾸짖음에 양곤의 표정이 복잡하게 변했다. 그는 심기가 불편해서 술 마시는 내내 입을 꾹 다물고 한마디도 하지 않았었다.

그는 징강지부의 총당주로서 징강지부로 속속 날아드는 보고들을 직접 관리하는 입장이다.

하루에도 수십 통씩 날아드는 보고는 죄다 바쁘게, 그리고 위급하게 돌아가고 있는 귀주성과 사천성, 그리고 곤명지부에 대한 것들뿐이었다.

그것에 의하면 철검방이 이미 귀주성을 칠 할 이상 장악했으며, 사천성은 통천방이 천의맹 중경지부를 곧 무너뜨리기 직전이고, 심지어는 구대문파의 하나인 아미파마저도 존폐의 기로에 서 있다는 것이다.

양곤은 귀주성의 철검방과 사천성의 통천방에 대해서는 잘 모르고 있다.

하지만 일개 성을 장악할 정도로 대단한 세력을 지닌 방파들이 아니라는 사실만은 잘 알고 있었다.

또한 천의맹 곤명지부가 무엇인가를 대비하면서 대대적인 준비를 하고 있다는 사실도 매일 보고받고 있다.

뿐만 아니라 곤명지부주가 이곳 징강지부로 다섯 차례나 밀령을 보내 혈마련에 대한 설명을 하면서 함께 대처하자고 제의했을 때 양곤은 그래야 한다고 생각했었다.

그래서 막화에게 자신의 뜻을 말했으나 그때마다 번번이 묵살됐다.

지금 양곤은 기회를 잡았다. 진검룡이 관보의 치부를 들춰내면 막화도 어느 정도 정신을 차리고 현실을 보게 될 것이라고 믿었다.

양곤은 진검룡에 대한 여러 소문을 들었으나 과장된 소문일 것이라고 여겼다.

일개 조장이 소문에서처럼 그렇게 뛰어날 수는 없다는 것이 일반적인 상식이고, 양곤도 상식의 범위를 뛰어넘지는 못하는 인물이기 때문이다.

그는 단지 이 자리에서 관보가 안순지부를 공격한 자들이 누군지도 모른 채 서둘러 도주했다는 사실을 진검룡이 밝혀주기만 바라고 있다. 진검룡이 더 이상 뭔가를 해주는 것은 바라지도 않는다.

또한 안순지부와 천의맹 귀양지부를 붕괴시킨 것이 혈마련이든 뭐든지 상관이 없다.

다만 그들이 무서운 상대인 것만은 분명한 사실이다. 그러므로 징강지부도 거기에 대비를 해야 한다는 것이 양곤의 변함없는 지론이다.

양곤은 지부주 막화에 대한 충성심이 대단하다. 지금껏 단한 번도 막화의 명령을 거역한 적이 없었다.

관보에게 사과하라는 막화의 명령을 듣고 양곤은 진검룡을 쳐다보았다. 자신이 사과를 하기 전에 진검룡이 뭔가 해주기를 바라는 것이다.

그런데 진검룡은 양곤이 바라고 있는 이상의 것을, 아니, 상상하지도 못한 일을 거침없이 해버렸다.

"자네가 징강지부 총당주인가?"

진검룡이 양곤을 보며 메마른 목소리로 물었다.

양곤은 눈살을 찌푸렸다. 진검룡이 관보의 비리를 캐주기를 바라고 있는데 쓸데없는 것이나 묻기 때문이다.

"그렇다."

진검룡은 가볍게 고개를 끄덕였다.

"자네가 지부주 감이로군."

"……."

양곤은 어이없는 표정을 지으며 말문이 막혔다. 그러다가 그의 눈이 크게 부릅떠졌다.

슈욱!

진검룡이 대수롭지 않게 막화를 향해 왼손을 뻗자 반투명의 흐릿한 백색의 가느다란 세 가닥 기류가 번쩍 섬광처럼 뿜어지는 것을 발견했기 때문이다.

막화는 불과 세 걸음 거리에서 뿜어지는 세 가닥 기류가 워낙 빨라서 놀라는 표정을 얼굴에 떠올릴 겨를도 없이 상체 몇 군데에 적중당했다.

그와 동시에 부상쾌가 번개같이 어깨에서 도를 뽑아 칼등으로 관보와 그 옆에 앉아 있는 안순지부 총관의 어깨를 짧고 강하게 내려쳤다.

쉬익! 빠빡!

"큭!"

"흐윽!"

관보와 총관이 풀썩 주저앉자 그들 옆에 앉아 있던 두 명의 기녀가 안색이 새파랗게 질려서 비명을 지르며 엉금엉금 기어서 도망쳤다.

눈 한 번 깜빡할 사이에 벌어진 일이다. 또한 부상쾌는 진검룡에게 아무런 지시도 받지 않았다.

단지 그렇게 해야 할 것 같아서 그가 막화를 제압할 때 자신은 관보와 그 옆에 있는 총관을 제압한 것이다.

창!

"무슨 짓이냐!"

순간 크게 놀란 양곤이 쥐고 있던 창으로 곧장 진검룡을 찔러오며 소리치고, 그 옆의 총관이 퉁기듯 일어나 도를 뽑으면서 부상쾌를 공격해 갔다.

그러자 진검룡이 왼손을 먼지 털어내듯 가볍게 슬쩍 쓸어내며 말했다.

"그대로 있어라."

"우웃!"

"와악!"

순간 양곤과 총관은 전면에서 부드럽지만 강력한 경풍(勁風)이 불어와 뒤로 비틀거리면서 서너 걸음 물러나며 비명을 터뜨렸다.

두 사람은 간신히 자세를 바로잡고는 귀신에 홀린 듯한 얼굴로 진검룡을 쳐다보았다.

그들은 방금 자신들에게 무슨 일이 일어났는지 잠시가 지나서야 깨달았다.

하지만 진검룡의 가벼운 손짓만으로 자신들이 밀려났다는 사실이 도저히 믿어지지 않았다. 게다가 그가 곤명지부의 일개 조장인 것을 생각하면 더욱 그랬다.

마혈과 아혈이 동시에 제압된 막화는 앉은 채 뻣뻣하게 굳어서 눈을 멀뚱거렸고, 부상쾌가 내려친 칼등에 맞아 어깨가 부러진 관보와 안순지부 총관은 주저앉은 채 어깨를 부여잡고 고통스럽게 끙끙거렸다.

사실 부상쾌의 실력은 관보와 일대일로 겨루면 삼십 초 안에 그를 제압할 수 있을 정도의 실력이다.

지난 몇 달 사이에 그녀의 실력은 예전 실력에 비해서 무려 대여섯 배 이상 고강해졌다.

가르치는 사람이 훌륭하고 또 배우는 사람이 결사적이기 때문에 당연한 결과라고 할 수 있다.

다만 오랫동안 수련만 하고 실전을 하지 못해서 그녀와 경혼조원들은 자신들이 과연 얼마나 고강해졌는지 피부로 느끼지 못하고 있을 뿐이다.

양곤과 총관이 정신을 차리지 못하고 멍하고 있을 때 진검룡이 양곤을 보며 조용히 말했다.

"귀주성 천의맹 귀양지부와 사황벌 안순지부를 괴멸시킨 것은 혈마련 총본련 휘하 마련십마존의 팔마존인 잔혈마존과 그가 이끄는 살명루다."

양곤은 여전히 멍한 표정이다. 그는 조금 전의 일 때문에 진검룡의 말을 제대로 이해하지 못했다.

그러자 부상쾌가 발을 구르며 날카롭게 호통을 쳤다.

"멍청아! 정신 똑바로 차리고 잘 들어라!"

이어서 그녀는 진검룡이 방금 한 말을 그대로 되풀이해서 다시 한 번 말해주었다.

진검룡은 결코 서둘지 않았다. 그는 철탑처럼 우뚝 선 채 꼼짝도 하지 않고 양곤 등이 그것을 이해할 때까지 묵묵히 기다려 주었다.

"그… 것을 어떻게 믿으라는 것이냐?"

잠시가 지나서야 양곤이 억눌린 듯한 목소리로 항변했다.

"지금부터 너희들 눈으로 그것을 직접 확인하게 될 것이다."

그렇게 말한 후에 진검룡은 막화를 가리켰다.

"그러자면 아무래도 이자를 데려가는 것이 좋겠군."

"어… 디로 간다는 말이냐?"

양곤이 놀라듯 물었다.

진검룡은 짧게 대답했다.

"천의맹 귀양지부."

"귀양지부……."

양곤은 망연자실한 얼굴로 중얼거리다가 다시 물었다.

"거긴… 왜 가느냐?"

"그곳에 혈마련 살명루가 있을 것이기 때문이다."

"살명루가……."

"가겠느냐?"

양곤은 복잡한 표정으로 막화를 쳐다보았다. 막화는 눈알을 이리저리 굴리면서 필사적으로 자신의 뜻을 전하려고 애쓰는데, 아무리 심복인 양곤이라고 해도 눈빛만으로 사람 마음을 알아차릴 리 만무하다.

양곤은 지금의 상황을 빠르게 정리해 보았다. 그리고 오래지 않아서 결론에 이르렀다.

귀양지부에 가는 것이 몹시 위험하긴 하지만 자신과 지부주 막화의 눈으로 직접 살명루를 볼 수만 있다면 더 이상 말이 필요없는 일이다.

하지만 문제는 진검룡을 믿느냐 마느냐다. 만약 진검룡의 제의를 수락했다가 일이 잘못되기라도 하면 양곤은 적을 도왔다는 이유로 죽음을 면하지 못할 것이기 때문이다.

양곤은 경직된 표정으로 진검룡을 쳐다보았다. 하지만 진검룡은 무표정한 얼굴로 침묵만 지키고 있을 뿐 양곤의 결정에 도움이 될 만한 말을 해주지 않았다.

그렇지만 진검룡이 침묵을 지키고 있는 것이 양곤에게 더 믿음을 주었다. 거짓은 감언이설이고, 진실은 침묵일 경우가 많기 때문이다.

"가겠다."

결국 양곤은 결정을 내리고 나서 물었다.

"언제, 그리고 어떻게 가지?"

진검룡의 대답은 짧았다.

"지금 즉시."

슈우우—

하나의 물체가 어둠 속을 달리고 있다. 아니, 그것은 화살처럼 쏘아가고 있다는 표현이 옳았다.

튼튼한 준마가 전력으로 달리는 것보다 서너 배 이상 더 빠른 속도였다.

또한 그 물체는 조금도 사람이라고 여겨지지 않았다. 멀리에서 보면 커다란 한 마리 곰이 관도를 질주하고 있는 것처럼 보였다.

"으으……."

양곤은 아까부터 계속 이상한 신음을 흘리고 있었다. 신음을 흘릴 수밖에 없는 상황이기 때문이다.

쉬이이—

그는 태어나서 지금처럼 빠른 속도로 이동한 적이 한 번도 없었다.

그의 두 발은 땅에서 한 자 이상 떠 있고, 상체가 앞쪽으로, 하체가 뒤로 비스듬히 기울어진 자세다. 지독히 빨리 달리고 있기 때문이다.

파라라락!

머리카락과 옷자락이 미친 듯이 펄럭이고, 얼굴의 살이 세찬 바람에 파도처럼 출렁였으며, 거센 바람 때문에 눈을 제대로 뜰 수 없는 상황이다.

더구나 입을 벌리면 입속으로 바람이 쏟아져 들어와서 찢어질 것만 같았다.

그러나 지금 그가 겪고 있는 상황은 그의 놀라움에 비하면 아무것도 아니었다.

현재 그는 자신의 힘이 아닌, 진검룡에게 한쪽 어깨를 붙잡힌 상태에서 끌려가고 있는 중이다.

더구나 진검룡은 왼손으로는 양곤의 어깨를, 오른손으로 막화의 어깨를 붙잡은 상태다. 그뿐 아니라 등에는 부상쾌까지 업었다.

그런 상태로 준마가 전력으로 달리는 것보다 서너 배 이상 빠른 속도로 달리고 있으니 양곤이 까무러칠 듯이 놀라는 것은 당연한 일이다.

호리호리하게 마른 체구인 양곤은 그렇다고 쳐도, 다부지고 큰 체구의 막화는 양곤보다 두 배 가까이 무겁다. 그런데도 진검룡은 양곤이나 막화나 추호도 무겁게 느끼지 않는 듯한 모습이다.

양곤의 머릿속은 터져 버릴 것처럼 복잡했다. 그러면서도 텅 빈 것처럼 아무 생각이 나지 않았다.

단지 아까 진검룡이 손가락에서 가느다란 기류를 뿜어서 막화를 제압한 것과 지금의 상황만이 머릿속에서 뱅뱅 맴돌고 있을 뿐이다.

그것의 결론은 진검룡이 상상조차 할 수 없을 정도로 고강한 절정고수라는 사실이다.

그는 곤명지부의 일개 조장 따위가 아니었다. 그리고 소문은 모두 사실이었다.

아니, 오히려 소문이 부족할 정도다. 소문은 진검룡 실체의 백분지 일도 설명하지 못했다.

징강현을 출발한 지 이각쯤 지났는데 양곤은 아직도 정신을 제대로 차리지 못하고 있다.

진검룡은 징강현을 출발하여 동북쪽으로 향했으며, 불과 일각여 만에 육십여 리 거리에 있는 노남현(路南縣)을 지났고, 지금은 노남현에서 팔십여 리 거리에 위치한 사장하(蛇場河)를 목전에 두고 있다.

막화는 양곤 이상으로 놀라고 있었다. 하지만 마혈과 아혈이 제압된 상태이기 때문에 눈을 찢어지게 부릅뜨고 앞만 쏘아보고 있을 뿐이다.

양곤과 막화하고는 달리 부상쾌는 너무나 편안하고 기분이 좋은 상태다.

커다랗고 듬직한 진검룡의 등에 업혀서 그의 어깨에 뺨을 묻고 있으니 당장 죽어도 여한이 없을 정도로 기분이 최고조에 달했다.

그녀는 두 팔을 그의 양쪽 겨드랑이 아래로 집어넣어 가슴을 꼭 끌어안았으며, 그가 손으로 둔부를 받쳐 주지 못하는 상황이므로 그녀가 두 발로 그의 허리를 꼭 감고 있는, 완전히 밀착된 자세다.

얼굴과 가슴, 하체의 은밀한 부위가 그의 몸에 밀착되어 마치 한 몸이 된 듯했다.

그녀는 눈을 꼭 감은 채 아무것도 보지 않았다. 지금 단 하나의 소망이 있다면 이 꿈같은 상황이 오래 계속되었으면 하는 바람뿐이다.

그때 쏘아가고 있는 이들 네 사람 전방에 강이 나타났다. 한눈에도 강폭이 꽤 넓어 보였다. 바로 물살이 거세기로 유명한 사장하다.

그런데 진검룡은 계속 쏘아가고 있었다. 멈출 생각이 추호도 없는 듯했다.

양곤과 막화는 진검룡이 사장하를 뛰어넘으려고 한다는 사실을 깨닫고 머릿속이 하얘졌다.

두 사람은 이곳이 징강지부 세력권이기 때문에 사장하가 얼마나 거칠고 강폭이 넓은 곳인지 잘 알고 있다. 그런데 진검룡이 이곳을 뛰어서 건너려는 것이다.

'미… 미친!'

막화는 부릅떠진 눈이 더 부릅떠졌고, 너무 식겁한 탓에 입에서 침이 질질 흘러나왔다.

"머, 멈추시오!"

양곤도 오금이 저려서 다급히 외쳤다. 그는 자신도 모르는 사이에 진검룡에게 말을 높였다. 그의 절륜한 무위를 보고는 도저히 하대를 할 배짱이 없었다.

그러나 부상쾌는 무슨 일이 있는지 신경도 쓰지 않은 채 꿈결 속을 떠다니고 있을 뿐이다.

진검룡은 강이 눈앞에 있는데도 속도를 줄이기는커녕 뛰어넘으려면 더욱 속도를 높여야 하는데도 여태까지의 속도를 그대로 유지했다.

탓!

이윽고 강둑에 이른 그는 가볍게 지면을 박차며 강을 향해 쏘아갔다. 마치 작은 웅덩이를 건너는 듯한 동작이다.

달라진 것이 있다면 지금까지는 수평으로 달렸는데, 지금은 허공으로 비스듬히 솟구치고 있다는 정도다.

지금 진검룡이 뛰어넘으려고 하는 사장하의 강폭은 족히 이십오 장여에 달했다.

양곤과 막화는 진검룡의 놀라운 무위를 목격했지만, 이 강을 단번에 뛰어넘는 것은 절대 무리라고 생각했다. 아니, 무리고 뭐고 간에 그것은 있을 수도 없는 일이다.

그래서 그들은 이제 곧 강에 추락하여 허우적거리는 일만 남았다고 생각했다.

양곤은 힐끗 아래를 굽어보았다. 사장하의 거센 물결이 커다란 바위 사이로 포효하듯 흰 포말을 일으키며 흘러가고, 아니, 요동치고 있는 광경이 보였다.

저기에 빠지면 어떻게 손을 써볼 새도 없이 물살에 휘말려 익사하고 말 것이다.

슈우우—

그런데 어찌 된 일인지 아래로 추락하는 것이 아니라 점점 더 위로 솟구치고 있었다.

그러더니 맹수가 이빨을 드러내고 으르렁거리는 것 같던 급류가 잠깐 사이에 시야에서 사라져 버리고 아래쪽에 푸른 초지가 나타났다.

그제야 진검룡은 비스듬히 완만한 곡선을 그으며 지상에 내려서는가 싶더니 여태까지와 다름없는 속도로 쏘아갔다.

'으으… 이건 말도 안 된다.'

힐끗 뒤돌아본 양곤은 강으로부터 십여 장이나 멀리 떨어져 있는 것과 자신이 보고 있는 중에 강이 빠르게 멀어지고 있는 것을 보면서 혼절할 정도로 혼비백산했다.

대저 인간이 어떻게 한 번의 도약으로 삼십오 장여를 날아넘을 수가 있다는 말인가.

묘시(卯時:새벽 6시).

부옇게 새벽이 밝아오고 있었다.

진검룡은 징강현을 출발한 지 한 시진 반 만에 육백여 리 떨어진 귀주성 귀양성에 도착했다.

얼마 전까지만 해도 천의맹 귀양지부였던 곳이 지금은 철검방으로 바뀌어 있었다.

철검방 뒷담 밖 숲 속에서 진검룡은 양곤과 막화에게 약간의 조치를 취하고 있었다.

그는 두 사람의 온몸 열두 군데 혈도를 제압하여 잠식대법(潛息大法)을 펼쳐 두었다.

그것은 일정한 시간 동안 호흡을 정지시켜 놓는 귀식대법(龜息大法)보다 한 단계 높은 것으로, 심장 박동과 맥박까지 완전히 멈춰놓는다.

사람은 호흡과 심장 박동이 멈추면 죽고 만다. 귀식대법이니 잠식대법이라고 하는 것은 기실 호흡을 코와 입이 아닌 모공(毛孔)으로 임시 변환하는 것이고, 심장과 맥박을 멈추게 하는 것은 평상시 심장과 맥박의 세찬 박동을 아주 미세하게 뛰는 세동(細動)으로 바꾸는 것이다.

진검룡은 이곳 철검방 안에 혈마련 고수들이 있다고 생각하기 때문에 이런 조치를 취해놓은 것이다.

즉, 혈마련 마고수들에게 양곤과 막화의 존재가 탄로나지 않도록 하려는 것이다.

[상쾌, 너는 동이 트면 마을로 들어가 쉬고 있다가 두 시진 후에 귀양성 남문 밖 숲에서 만나자.]

진검룡은 부상쾌에게 전음을 남기고 그녀가 어떤 반응을 보이기도 전에 양손으로 양곤과 막화의 어깨를 잡고 둥실 새벽하늘로 솟아올랐다.

이어서 뒷담 안쪽 허공으로 추호의 기척도 없이 한 조각 구름처럼 흘러 올라갔다.

부상쾌는 멀어지는 진검룡을 보면서 발만 동동 굴렀다. 전음입밀을 전개할 줄 모르기 때문에 자신도 함께 데려가 달라는 말을 할 수가 없었다.

그녀는 진검룡이 자신을 이런 곳에 혼자 내버려 두고 갈 것이라고는 전혀 예상하지 못했다.

이른 새벽의 철검방 안은 부지런한 몇몇 사람들만 오가고 있을 뿐 새벽 특유의 고요함에 잠겨 있었다.

하나의 검은 물체가 허공을 가로지르고 있는 것을 발견한 사람은 아무도 없었다.

진검룡은 어렵지 않게 철검방 방주의 거처를 찾아냈다.

하지만 양곤과 막화에게 보여줘야 할 것은 철검방주가 아니라 혈마련의 마고수들이다.

그는 철검방주의 거처 지붕에 양곤과 막화를 내려놓고는 혼자 어딘가로 향했다. 혈마련 마고수들이 어디에 있는지 찾아내려는 것이다.

그리고 잠시 후에 중요한 전각인 것처럼 보이는데도 호위무사들이 지키지 않는 곳을 찾아냈다.

살명루는 드러나서는 안 되는 존재인 동시에 호위무사들이 지킬 필요가 없을 만큼 고강한 존재들이다.

진검룡은 전각 안으로 유령처럼 잠입해 들어가서 그 안에 있는 자들을 직접 확인했다.

그들은 철검방의 허접 쓰레기 같은 무사들하고는 전혀 다른 모습을 하고 있었다. 한눈에도 마도고수가 분명했다.

전각을 빠져나온 진검룡은 다시 양곤과 막화에게로 돌아와서 그들을 데리고 마도고수들이 있는 전각 지붕으로 이동했다. 그곳은 이층 전각이며 쥐 죽은 듯이 조용했다.

그는 지붕의 사방을 대충 살피다가 용옥척(龍屋脊:용마루) 앞에 멈추었다. 이어서 양곤과 막화를 잠간 옆에 내려놓고는 용옥척 아래 희뿌연 회벽에 손바닥을 밀착시키고 음유한 공력을 주입했다.

양곤과 막화는 눈도 깜빡이지 않고 회벽을 주시하고 있지만 진검룡이 대체 무엇을 하려는 것인지 의도를 짐작조차 하기 어려웠다.

양곤은 진검룡이 잠식대법을 전개했으나 행동하는 데에는 아무런 지장이 없다.

그때 추호의 음향도 없이 회벽 전체가 마치 짙은 안개가 흐트러지듯이 먼지처럼 흩어졌다.

그때 진검룡이 손을 슬쩍 끌어당기는 시늉을 했다가 한쪽 방향을 가리키자 회벽 가루가 그 방향을 향해 쏜살같이 긴 띠를 이루어 쏘아갔다.

그러더니 먼 허공중에서 바람에 날려 흩어져 버렸다.

막화는 그 광경을 볼 수 없으나, 양곤은 그것을 보고는 경악해서 입이 딱 벌어졌다.

그는 이곳까지 오는 내내 생각에 생각을 거듭했다. 물론 진검룡에 대해서다.

하지만 아무런 결론도 내릴 수가 없었다. 곤명지부의 일개 조장이 마치 신 같은 절세무공을 전개하고 있다는 사실만으로는 그 어떤 결론에도 이를 수가 없었다.

단지 그가 절대로 곤명지부의 일개 조장 따위 아니라는 것과, 진짜 신분을 드러내기를 꺼려하는 절정고수라는 것, 그리고 징강지부에 해를 입힐 사람은 아니라는 것쯤은 양곤이 아무리 바보라고 해도 짐작할 수가 있다.

만약 진검룡이 징강지부를 멸문시키려고 마음만 먹는다면 손바닥을 뒤집는 것만큼이나 손쉬운 일이었을 것이다.

그렇지만 그는 그러지 않고 오히려 양곤과 막화에게 현실을 보여주려고 애쓰고 있다.

양곤은 자신과 징강지부에 진검룡이 희망을 줄 것이라는 믿음을 품기 시작했다.

회벽이 사라지자 한 사람이 허리를 굽히고 들어갈 수 있을 만 한 구멍이 생겼다.

진검룡은 일일이 양곤과 막화를 들어서 회벽 안쪽 천장의 한곳에 자리를 잡았다.

그리고는 바닥에 세 개의 구멍을 나란히 뚫었다. 그러는 동안에도 일체의 소리나 기척이 흘러나오지 않았다.

　이제부터는 기다리는 일만 남았다. 천장 아래에 살명루나 마혼각 마도고수들이 나타나기만 하면 되는 것이다.

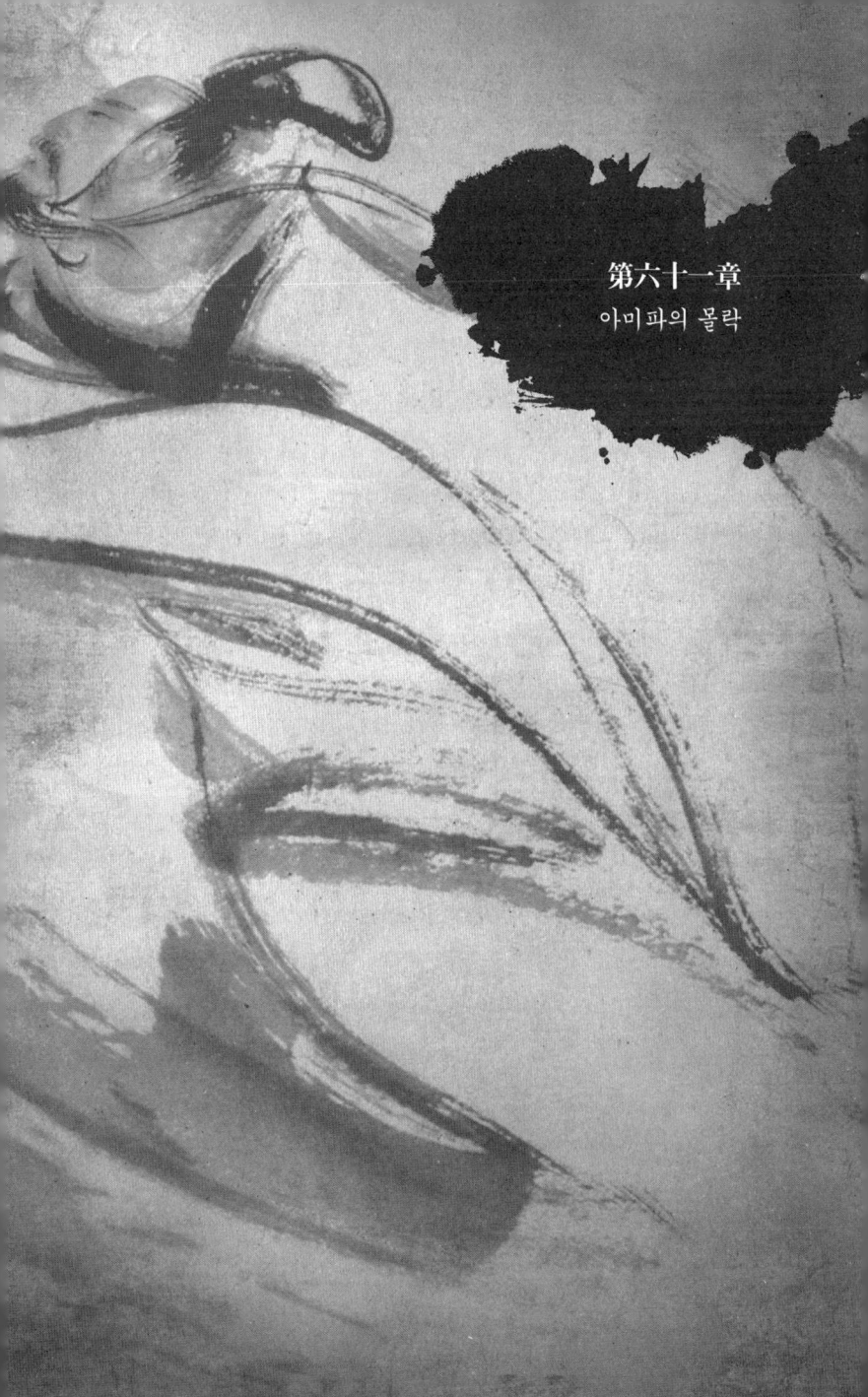

第六十一章
아미파의 몰락

그날 저녁에 진검룡은 부상쾌와 양곤, 막화를 데리고 징강 지부로 무사히 돌아왔다.

아무도 모르게 막화의 집무실로 들어간 네 사람은 한 시진 정도 긴밀한 밀담을 나누었다.

양곤과 막화는 두어 시진 전에 귀주성 철검방 어느 전각에서 본 광경을 죽을 때까지 잊지 못할 것이다.

진검룡이 천장에 세 개의 구멍을 뚫은 아래쪽은 넓은 대전이었다.

양곤과 막화는 구멍을 통해서 대전에 살명루뿐만 아니라 마혼각 마도고수들이 집결한 것을 직접 목격했다.

하지만 그것이 전부가 아니다. 집결해 있는 살명루와 마흔 각의 마도고수들 전면 단상에서 명령을 내리는 인물이 있었다.

양곤과 막화의 눈에도 그자는 마도의 대단한 인물처럼 보였다.

나중에 진검룡은 그자가 혈마련 구사마왕 중에서 음도마왕이라고 가르쳐 주었다.

양곤과 막화는 마도의 거물인 음도마왕의 이름을 들은 적이 있으나 직접 보는 것은 처음이다.

또한 그자가 음도마왕이라는 사실을 믿어 의심하지 않았다. 그자의 온몸에서 뿜어지는 지독한 마기를 바로 머리 위에서 직접 체험했기 때문이다.

막화는 자신의 집무실에서 진검룡의 제안 모두를 무조건 받아들였다.

그리고 이후 진검룡의 말이라면 터럭만큼도 이의를 제기하지 않고 무조건 믿고 따르겠다고 맹세했다.

집무실에서 나온 막화는 제일 먼저 자신의 친형제나 다름이 없는 사황벌 귀주성 안순지부주 관보와 총관을 두말하지 않고 추방했다.

그리고 관보가 이끌고 왔던 안순지부 휘하의 수하들을 자신의 휘하로 편입시켰다.

"주군."

"음?"

징강현을 벗어나자 나란히 걷던 부상쾌가 조용히 진검룡을 불렀다.

부상쾌는 고개를 숙인 채 걸으면서 조그맣게 중얼거렸다.

"주군께서 저를 혼자 남겨두고 철검방에 들어가신 이후 두 시진 동안 죽는 줄 알았어요."

진검룡은 걸음을 뚝 멈추고 의아한 표정을 지으며 그녀를 쳐다보았다.

"무슨 일이 있었느냐?"

"네."

부상쾌의 얼굴이 더욱 심각하게 변했다.

두 사람은 관도변에 마주 섰다. 부상쾌는 자신보다 머리 하나 반쯤 더 큰 진검룡을 올려다보았다.

"숨이 막혀서 죽기 직전까지 갔었어요."

"병이 있느냐?"

"네."

"무슨 병이냐?"

진검룡은 진지한 얼굴로 물었다.

부상쾌는 더 진지한 표정으로 대답했다.

"고병(孤病)이에요."

"고병?"

외로움 병이라는 것이다.

"네. 주군께서 저를 혼자 내버려 둔 두 시진 동안 외로워서 숨이 막혀 죽는 줄 알았어요."

"이놈아, 정말 병이라도 난 줄 알고 놀랐잖으냐."

진검룡은 가볍게 꾸짖고는 다시 걸음을 옮겼다.

하지만 부상쾌는 그 자리에서 말했다.

"저는 주군의 그림자예요. 그림자는 몸에서 떨어지면 점점 흐려지다가 사라져 버리고 말아요. 죽는 거죠."

궤변이다. 사람 몸에서 그림자가 떨어질 리가 없다. 그런데도 부상쾌는 사뭇 진지하게, 아니, 슬픔에 찬 표정으로 말하고 있는 것이다.

진검룡은 걸음을 멈추고 미간을 좁히며 부상쾌를 쳐다보는데 문득 두 가지 생각이 동시에 들었다.

첫째는 자신이 얼마나 물러 터졌으면 수하가 이런 말을 함부로 하겠느냐는 것이고, 둘째는 정반대의 것으로, 자신과 부상쾌가 상전과 수하의 관계가 아닌 가족 같다는 생각이 들었다.

아니, 비단 부상쾌만이 아니다. 경혼조원 모두가 가족이 돼 버린 듯했다.

그리고 그는 자신의 마음이 자연스럽게 두 번째로 향하는 것을 느꼈다.

하지만 거부 반응은 들지 않았다. 그리고 그런 마음을 억지로 막으려 하지도 않았다.

첫 번째 반응은 아직 청룡검신의 잔재가 남아 있기 때문에 느끼는 것이고, 두 번째 반응은 곤명지부 경혼조장으로서 느끼는 것이다.

아니, 어떤 조직의 지위에 얽매인 존재가 아닌, 단지 인간 진검룡으로서 인간 부상쾌와 경혼조원들을 느끼는 것이다.

부상쾌는 진검룡을 원망하듯 애원하는 듯한 표정으로 바라보며 말했다.

"앞으로는 저를 혼자 버려두지 마세요."

진검룡은 자신이 부상쾌를 어떻게 생각하고 그녀가 자신을 어떻게 느끼고 있는지 같은 복잡한 것들은 생각하지 않기로 했다.

"알았다."

"약속하세요."

"약속하마."

그러나 그는 여자에 대해서 모른다. 여자들의 욕심이란 끝이 없다는 사실을.

손을 잡아달라고 해서 잡아주면 안아달라 하고, 안아주면 입을 맞추자 하고, 입을 맞추면 같이 자자고 요구하는 것이 여자라는 사실을 말이다.

"약속의 증표를 남기세요."

부상쾌는 짐짓 냉정한 표정을 지으며 입술을 삐죽거렸다.

권위를 포기한 남자는 많은 것을 얻게 된다. 그러나 또한 많은 것들을 대가로 치러야만 한다.

"무슨 증표?"

부상쾌는 대답하지 않았다. 그 대신 두 주먹을 꼭 쥐고 가슴에 모으고는 종부돋움을 하여 키를 높이면서 고개를 들고 입술을 내밀며 사르르 눈을 감았다.

"허어, 이놈이."

남자 대 남자의 관계에서는 절대로 이런 비슷한 일조차도 일어날 수 없다.

남자의 관계란 수평, 수직, 이것도 저것도 아닌 관계 세 가지뿐이다. 또한 여자 대 여자의 관계도 그와 비슷하다.

하지만 남자 대 여자의 관계는 수십, 아니, 수천 종류가 있다. 그리고 수천 개의 변수가 있다.

열다섯 살짜리 소년과 칠십 세 노인은 '소년과 노인'이라는 범주를 벗어날 수가 없다.

하지만 열다섯 살짜리 소녀와 칠십 세 노인은 수많은 관계를 만들어낼 수가 있는 것이다.

집안에서는 마냥 철부지 어린 딸이지만, 밖에 나가서는 한 사람의 여자로서 이루 헤아릴 수 없는 수많은 존재로 변할 수가 있다.

황제의 여자가 되면 황후가 될 것이고, 정승의 여자가 되면 정승부인이, 저잣거리의 장사꾼과 인연을 맺으면 장사꾼 마누라가 되는, 이른바 뒤웅박 팔자인 것이다.

부상쾌는 까치발을 하고 고개를 쳐든 채 입술을 내밀고는 꼼짝도 하지 않았다. 입을 맞춰주기 전에는 이대로 영원히 움직이지 않겠다는 것 같았다.

관도를 오가는 사람들이 진검룡과 부상쾌를 힐끗거리면서 쳐다보았다.

한참을 기다려도 아무런 반응이 없자 부상쾌는 살며시 눈을 뜨고는 샐쭉한 표정을 지었다. 진검룡이 저만치 혼자서 걸어가고 있는 것을 발견했기 때문이다.

부상쾌는 진검룡의 뒷모습을 있는 힘껏 흘겨보았다. 그러다가 문득 그녀는 자신이 한 남자에게 목을 매고 있는 여느 평범한 여자로 변했다는 사실을 깨닫고 움찔 놀랐다.

하지만 상대는 진검룡이다. 부상쾌가 보기에 그는 천하제일의 기남자다.

그런 남자의 사랑을 얻고 또 그의 여자가 되는 일은 남자가 천하를 얻는 것에 비교할 만하지 않은가.

부상쾌는 진검룡을 향해 곧장 달려가서 팔짝 몸을 날려 그의 등에 업혔다.

진검룡은 묵묵히 두 손을 뒤로 돌려 그녀의 궁둥이를 받치고는 휘적휘적 걸어갔다.

*   *   *

징강지부와 귀주성 안순지부가 곤명지부에 합류했다.

그것은 운남성과 귀주성의 모든 사황벌 휘하가 곤명지부에 합류했다는 뜻이다.

그들의 수는 육천여 명에 이르렀다. 그들이 합류함으로써 곤명총부의 무사 수는 이만 천여 명이 되었다. 운남성에 주둔하고 있는 군사 오천 명과 단왕이 거느리고 있는 사병 일만 명을 합친 것보다 훨씬 많은 수다.

강무교는 적잖이 놀라는 표정을 지었다.

"사황벌 무사들에게도 발도산검파를 가르치라는 말이오?"

작금에 이르러 그는 발도산검파가 얼마나 뛰어난 박투술인지 너무도 잘 알게 되었다.

발도산검파를 두 달여 동안 익힌 곤명지부 무사들은 물론이거니와, 더구나 그것을 익힌 지 보름밖에 되지 않는 곤명총부의 만 오천여 명 무사들마저도 예전보다 두 배 이상 강해진 사실을 직접 확인한 강무교다.

그런데 방금 진검룡이 곤명총부에 새로 들어온 육천여 명의 사황벌 무사들에게도 똑같이 발도산검파를 가르치라고 말한 것이다.

강무교는 완강하게 고개를 가로저었다.

"그럴 수는 없소. 그들은 사황벌이오. 이번 소요가 끝나면 그들은 다시 우리의 적으로 돌아갈 것이오. 그런데 어떻게 적들을 강하게 키우라는 말이오? 그건 절대로 있을 수 없는 일이오."

강무교 좌우에 서 있는 고명과 적설도 같은 생각인 듯 완고한 표정을 짓고 있었다.

강무교 맞은편에 꼿꼿하게 앉은 진검룡은 아무런 표정도 얼굴에 떠올리지 않고 조용히 입을 열었다.

"그렇다면 그들을 돌려보내시오."

강무교와 두 명은 어리둥절한 표정을 지었다.

"징강지부를 어렵게 합류시켰는데 왜 그래야 하오?"

"오합지졸은 필요없소."

"그래도 수가 많으면 도움이 되지 않겠소?"

"그대들 세 명이 합공을 해도 살명루 마도고수 한 명의 백초를 견뎌내지 못할 것이오."

"……."

진검룡의 지독한 독설에 세 명의 얼굴이 보기 싫게 일그러졌다.

세 사람은 곤명성, 아니, 운남무림을 좌지우지하는 최고 지위에 앉아 있다. 그런 세 명에게 진검룡의 말은 더할 수 없는 모욕이 아닐 수 없다.

그러나 그들은 어금니를 악물고 주먹을 움켜쥔 채 사력을 다해서 모욕감을 참았다.

만약 방금 그렇게 말한 사람이 진검룡이 아니었다면 그들은 앞뒤 생각하지 않고서 죽음을 각오하고 당장 무기를 뽑아 공격을 펼쳤을 것이다.

하지만 그들이 알고 있는 진검룡은 절대로 허언을 할 사람이 아니다.

그리고 자신의 쾌감을 위해서 상대에게 모욕을 끼얹을 사람은 더더욱 아니다.

그러므로 그가 그렇게 말했다면 받아들이기 어렵지만 그것이 냉엄한 현실이라는 뜻이다.

지독한 모욕감을 맛본 세 사람에게 두 번째로 찾아든 감정은 자신들 세 명이 합공을 해도 살명루의 마도고수 한 명의 백 초를 견디지 못할 것이라는 사실에 대한 놀라움이었다.

그리고 마지막으로 냉엄한 현실이 찾아와서 세 사람을 의기소침의 구렁텅이로 밀어 넣었다.

강무교는, 아니, 세 사람은 더 이상 사황벌 징강지부 육천여 명에게 발도산검파를 가르치는 것을 반대하지 못했다.

반대하려 해도 그럴 수가 없게 되었다. 더 큰 사건이 터진, 아니, 들이닥친 것이다.

정오가 조금 지난 시각에 심상치 않은 모습의 세 사람이 곤명지부 전문에 도착했다.

그들을 발견하고 혼비백산한 호문무사들이 지부주의 집무

실로 뛰어들어 오며 소리쳤다.

"지, 지부주, 아미파 여승 세 명이 지금 전문 밖에 찾아와서 지부주를 만나겠다고 합니다!"

"아미파?"

강무교와 고명, 적설, 그리고 진검룡 뒤에 서 있는 부상쾌는 자신들의 귀를 의심할 정도로 놀랐다.

아미파라면 저 유명하고 굉장한 구대문파의 하나다. 정파무림을 크게 삼등분한다면 아미파는 상층이고 곤명지부는 하층이다. 아니, 정파무림을 십 등분한다고 해도 역시 아미파는 최상층이고 곤명지부는 최하층이다.

그 최상층인 아미파 사람들이 최하층 곤명지부를 찾아왔다고 하니 놀라지 않을 수가 없는 것이다.

그들과는 달리 차분한 표정의 진검룡은 아미파가 혈마련의 공격으로 멸문했거나 위기에 처했을 것이라고 직감했다.

그리고 아미파 사람들이 자신을 보면 혹시 알아볼지도 모른다는 생각에 씁쓸한 마음이 들었다.

"아미타불… 여승이 아니라 아미승(峨嵋僧)이라고 부르시오."

강무교 등이 놀라서 어쩔 줄을 모르고 있는데 집무실 입구에서 여자의 낭랑한 불호 소리가 들려왔다.

집무실 입구로 세 여자가 들어서고 있었다. 두 명은 황의 가사를 입었고 한 명은 녹의 경장을 입은 모습이다.

황의 가사를 입은 두 여자는 머리를 파르라니 민 중년과 이십대 중반의 여승이고, 녹의경장녀는 십팔구 세 정도의 소녀였다.

다시 말해서 황의 가사의 두 여자는 여승이고 녹의소녀는 속가인(俗家人)이다.

세 여자는 모두 어깨에 검을 메고 있으며 몸 여기저기에 상처를 입었는데, 응급처치를 했음에도 피가 흐르고 있는 낭패한 모습이었다.

그녀들은 기다리고 있을 수가 없어서 호문무사를 뒤쫓아 온 것이다.

"아미타불… 어느 시주께서 곤명지부주시오?"

강무교와 고명, 적설은 우르르 앞으로 나서 있는데, 앞선 중년 여승이 한 손을 세우고 불호를 외우면서 세 사람을 둘러보며 물었다.

강무교 등 세 사람은 아직 얼떨떨한 표정이다. 난데없이 부상당한 아미승들이 들이닥쳤기 때문이다.

강무교는 엉거주춤 포권을 하면서 고개를 숙였다.

"제가 곤명지부를 맡고 있는 강무교입니다만, 아미승들께서 어인 일이신지요?"

"지금 본 파 장문인과 장로님들, 그리고 제자들이 공격을 당하고 있소. 어서 무사들을 내어주시오."

강무교는 정신을 차리지 못했다. 구대문파도 천의맹의 일원이라서 그들이 도움을 청하면 무조건 들어줘야만 하는 규정이 있다. 하지만 다짜고짜 무사들을 내어달라니까 어찌해야 할지를 몰랐다.

"무사들이라면 얼마나……."

"많을수록 좋소. 지금 당장 얼마나 동원할 수 있소?"

중년 여승은 얼굴에 다급함과 초조함을 가득 떠올린 채 서둘렀다.

그러나 강무교로서는 자초지종을 알아야지 무작정 수하들을 내줄 수는 없다.

"아미파가 어디에서 대체 누구의 공격을 받고 있다는 말씀입니까?"

강무교가 꼬치꼬치 캐묻자 여승들과 녹의소녀의 얼굴이 더욱 다급함으로 물들었다. 수양이 깊은 아미파 사람들이 이 정도라면 장문인 등이 얼마나 위급한 상황인지 짐작할 수 있는 일이다.

중년 여승은 버럭 노성을 질렀다.

"이곳 곤명성에서 북쪽으로 오십여 리 떨어진 곳 강가에서 혈마련의 마도고수들에게 공격당하고 있다는 말이오! 한시가 급하오! 서둘러 주시오!"

'혈마련'이라는 말에 강무교 등의 얼굴에 극도의 놀라움이 떠올랐다.

"우리 무사들은 혈마련을 상대할 만큼 강하지 못합니다."

강무교가 손사래를 치자 중년 여승은 착잡한 표정을 지었다.

"알고 있소. 하지만 워낙 다급하니까 부탁하는 것 아니겠소? 되도록 많은 무사들을 이끌고 가면 도움이 될 수도 있소."

"더구나 이십여 리 거리라면 가는 데만 한 시진 이상 걸리는 먼 길입니다. 그동안 장문인께서 무사하시겠습니까?"

"최대한 많은 인원으로 최대한 빨리 가는 수밖에 없소. 부탁하오. 서둘러 주시오."

쟁쟁한 아미파와 혈마련의 싸움에 일개 무사들이 얼마나 도움이 되겠는가. 그런데도 곤명지부의 도움을 절실하게 원하고 있으니 아미파 장문인들이 얼마나 위급한지 잘 알 수가 있다.

강무교는 조금 전에 자신과 고명, 적설 세 명이 합세를 해도 살명루 마도고수 한 명의 백 초를 견뎌내지 못할 것이라는 말을 진검룡에게 들었다. 그런 판국인데 자신들보다 훨씬 못한 수하들이라면 오죽하겠는가.

그때 뒤쪽에 서 있던 녹의소녀가 실내를 살피다가 강무교 등 뒤쪽의 의자에 단정하게 앉아 있는 진검룡을 발견하고는 소스라치게 놀라 비명 같은 외침을 터뜨리며 달려갔다.

"진 대주님!"

그러자 중년 여승과 이십대 여승이 강무교 등으로부터 비

커서며 진검룡 쪽을 쳐다보다가 그를 발견하고는 대경실색하여 탄성을 터뜨렸다.

"오오, 진 시주!"

"진검룡 시주가 아니십니까?"

진검룡은 꼿꼿한 자세로 입을 굳게 다문 채 그녀들을 쳐다보며 가볍게 고개를 끄덕일 뿐 아무 말도 하지 않았다.

그때 진검룡의 천성전음(天聲傳音)이 세 여자의 뇌리를 동시 울렸다.

[나는 이곳의 경혼조장이오. 경거망동하지 마시오.]

세 여자는 진검룡 앞에 다가와서 잠시 멈칫했다가 동시에 진검룡의 양팔을 잡아 일으키며 외쳤다.

"어서 갑시다, 진 시주!"

"사부님께서 위험해요! 어서 도와주세요!"

"진 대주님, 가면서 이야기해요!"

세 여자가 진검룡을 끌듯이 데리고 나가자 남겨진 강무교와 고명, 적설은 망연자실해졌다.

설마 아미승들까지 진검룡을 알고 있을 줄은 상상조차 하지 못했다.

더구나 아미승들은 진검룡만 데리고 부리나케 가버렸다. 그 말은 혈마련으로부터 아미파 장문인과 장로들을 구하는 데 진검룡 하나만 있으면 충분하다는 뜻이다.

"아아, 도대체 진 조장은……."

한참이 지나서야 강무교는 무거운 짐을 내려놓듯 한숨 같은 탄성을 토해냈다.

슈우—

진검룡은 전력으로 경공을 전개하여 곤명성에서 북쪽으로 쏘아가고 있다.

두 명의 아미승과 녹의소녀는 멀찌감치 뒤처져서 아예 시야에서 보이지도 않는다.

진검룡 등에는 부상쾌가 납작하게 업혀 있다. 그림자는 몸과 떨어지면 죽는다면서 한사코 매달리는 바람에 그녀를 떼어놓고 올 수가 없었다.

그는 곤명성을 출발한 지 일각여 만에 보도하(普渡河) 중류에 당도했다.

곤명성을 출발하자마자 녹의소녀, 즉 아미파 장문인의 삼제자(三弟子)이며 속가제자인 한송(韓松)이 진검룡 옆에 바짝 붙어서 달리며 대충 상황 설명을 해주었다.

간단하게 요약하자면, 혈마련 휘하 유마부(幽魔府)가 아미파를 급습했다는 것이다.

정파에 구대문파가 있는 것처럼 마도에는 십대마방(十代魔幇)이 존재한다.

유마부는 그중 하나다. 그러므로 평범한 마도 방파가 아니라 정파의 구대문파하고 맞먹는 세력과 실력을 지니고 있다.

아미파는 육백여 명의 아미승이 있지만, 일대제자와 이대제자 백오십 명이 천의맹 중경지부를 도우러 떠나서 사백오십여 명밖에 없는 상태였다.

그런데 유마부 팔백여 명의 마도고수, 즉 유마고수들이 아미파를 급습했다.

팔백 대 사백오십의 싸움이다. 게다가 유마부는 급습으로 아미파의 허를 찔렀다.

또한 예전의 유마부는 전체적인 실력 면에서 아미파보다 반 수 정도 열세였었다.

유마부는 아미파가 핵심 전력인 일대제자와 이대제자 백오십 명을 중경지부로 파견하는 것을 기다리고 있었던 것이다.

예전에는 아미승 한 명이 유마고수 두 명하고 평수를 이룰 정도였기 때문에 유마부가 수적으로 우세하다고 해도 전체적으로는 조금 열세였다.

하지만 다시 출현한 유마부는 대단히 강해졌다. 전체적으로 유마고수 한 명이 아미승 한 명하고 필적할 만한 실력이 된 것이다. 그러니 아미파가 유마부를 당해낼 수가 없었다. 더구나 아미파는 수적으로도 훨씬 열세이지 않은가.

그래서 아미파 장문인을 필두로 살아남은 아미승들이 아미파를 버리고 동남쪽으로 도주했다.

그런데 유마부는 끈질기게 추격을 해와서 결국 사천성과

운남성의 경계를 넘자마자 덜미를 잡힌 것이다.

한송의 말에 의하면 아미파 생존자는 삼백여 명 정도이며, 천의맹 곤명지부로 피신하려고 했다.

슛―

진검룡은 보도하 강둑 위의 한 그루 높은 나무 위에 기척 없이 내려섰다.

[상쾌야, 여기에서 기다려라.]

이어서 부상쾌를 나뭇가지에 내려놓으며 전음을 보냈다.

부상쾌가 급히 손을 뻗으면서 뭐라고 말하려고 할 때 진검룡은 높은 나무에서 저 아래 강가를 향해 독수리처럼 쏘아 날아가고 있었다.

차차차창! 채채챙!

강가 백사장에는 수백 명이 한데 어울려 치열한 싸움을 벌이고 있었다.

안쪽에 둥글게 원을 형성한 상태에서 바깥을 향해 필사적으로 검을 휘두르고 있는 것은 백의, 황의, 청의, 회의, 남의 가사를 입은 아미승들이며 이백오십여 명인데, 아미승들 뒤쪽 원 안에 부상을 당하거나 죽은 아미승 오십여 명이 어지럽게 쓰러져 있었다.

그리고 아미승들을 겹겹이 포위한 채 숨 쉴 틈 없이 공격을 퍼붓고 있는 자들은 주황 경장을 입은 자들이며, 드문드문 감청색 장포를 입은 자들이 섞여 있었다. 그들은 유마부의 유마고수들이 분명했다.

유마고수의 수는 오백여 명에 이르렀으며, 아미승들을 가차없이 몰아붙이고 있었다.

죽거나 다친 유마고수들은 격전장 외곽에 쓰러져 있는데 칠십여 명 정도다.

죽거나 다친 아미승이 오십여 명인 것에 비해서 그리 많지 않은 수다. 즉, 아미승이나 유마고수의 무위가 별로 차이가 나지 않는다는 뜻이다.

한눈에도 아미승들이 현격하게 열세였다. 형성하고 있는 원이 자꾸만 이지러지고 있으며, 오래 버티지 못하고 허물어질 것만 같았다.

원형의 일각이 무너지면 그곳으로 유마고수들이 물밀듯이 쏟아져 들어와 진세를 흩뜨려 놓을 것이다.

그렇게 되면 아미승들이 형성하고 있는 원형진 전체가 붕괴되는 것은 시간문제다.

아미파의 장문인 자허 신니(紫虛神尼)와 두 명의 장로는 백의 가사를 입었으며, 원을 이룬 방어막의 세 방향에서 치열하게 싸우고 있다. 그나마 세 사람이 있는 곳은 다른 곳에 비해서 나은 편이다.

아미승들의 원형진은 일 장 반 간격으로 도합 열 군데에 방어막을 형성하고 있는 형태다.

하나의 방어막에는 자허 신니와 두 명의 장로, 또는 황의 가사를 입은 일대제자 일곱 명이 각각 주축이 되어 청의 가사를 입은 이대제자와 회의 가사를 입은 삼대제자, 남의 가사를 입은 사대제자들이 합세하고 있다.

이대제자 정도만 되도 유마고수보다 반 수 정도 고강한데, 삼대제자는 유마고수와 팽팽한 수준이고, 사대제자는 유마고수에 비해 한 수 아래 수준이다.

그러나 이대제자가 이십오륙 명, 삼대제자가 사십여 명이고, 나머지 백칠십여 명 전부가 사대제자라서 아미승들이 열세에 처해 있는 것이다.

아미승들은 백사장이라는 최악의 싸움 장소를 잡았다. 아니, 이 장소에서 유마고수들에게 덜미를 잡혔다.

진검룡은 허공에서 두 팔을 활짝 벌린 자세로 격전장을 향해 쏘아내리면서 빠르게 상황 판단을 끝냈다.

그는 유마고수들을 처음 보지만 오백여 명 중에 절대 다수인 사백구십여 명이 주황 경장을 입었고, 감청색 장포를 입은 자들이 십여 명뿐인 것으로 미루어 감청색 장포를 입은 자들이 우두머리들이라고 판단했다.

감청색 장포를 입은 자들은 유마고수들 중간중간에 섞여 공격을 이끌고 있었다.

진검룡은 얼마 전까지만 해도 무림에서 전신(戰神)이라고 불렸었다.

즉, 싸움에는 따를 자가 없다는 뜻이다. 그러므로 이런 식의 싸움에서 열세를 승세로 바꾸려면 어떻게 해야 하는지를 너무도 잘 알고 있다.

적의 배후를 뒤흔들어 무너뜨려야 한다.

쉬이—

그는 어깨의 의천검을 뽑으면서 유마고수들 배후 한복판으로 번갯불처럼 내리꽂혔다.

그가 강둑 위에서 신형을 날려서 유마고수들 속으로 뛰어들 때까지 그의 존재를 간파한 사람은 아무도 없었다.

스파아아—

그는 백사장에 내려서기 전에 번쩍번쩍 의천검을 휘둘러서 순식간에 두 명의 유마고수를 거꾸러뜨렸다.

그의 검에 미간이나 목이 적중된 두 명의 유마고수는 즉사하며 상처 부위에 혈화혼을 만들어냈다.

그는 아미승들의 원형진을 공격하느라 정신이 없는 유마고수들의 배후에 내려서자마자 무인지경인 듯이 검을 휘둘러댔다.

퍼퍼퍽!

진흙땅에 나뭇가지가 꽂히는 듯한 음향이 연이어 터져 나오면서 유마고수들은 뒤통수에 핏방울을 뿜어내서 혈화혼을 만들며 앞으로 퉁겨져 고꾸라졌다.

다수의 적을 상대하는 이런 싸움에서는 구태여 초식 같은 것을 전개할 필요가 없다.

그저 적의 급소를 향해 의천검을 번뜩이기만 하면 여지없이 혈화흔이 만들어지며 즉사했다.

마도의 십대마방 중 하나인 유마부의 유마고수라고 하지만 진검룡에 비하면 하수다.

진검룡은 격전장에 내리꽂힌 후 유마고수들이 그의 존재를 알아차릴 때까지 세 호흡 정도의 짧은 시간에 여덟 명을 저승으로 보냈다.

그러나 유마고수들이 진검룡의 존재를 모르고 있든 알아차리든 어차피 그의 공격 앞에서 죽어야 한다는 사실에는 별다른 차이점이 없다.

스파아아아ㅡ

진검룡의 의천검에서 쏟아져 나가는 것은 최상승의 발도산검파이다.

다수를 상대로 하는 싸움에서는 발도산검파가 최고다. 더구나 진검룡의 발도산검파는 이미 하나의 절학 수준에 도달해 있는 상태다.

아미승들을 포위하고 있는 유마고수들 일각에서 진검룡으로 인하여 소요가 일어났으나 아직은 부분적이다.

다른 대다수의 유마고수들은 이쪽에서 벌어지고 있는 일을 모르는 상태로 아미승들과 싸우고 있다.

진검룡이 할 일은 빠른 시간 안에 포위망을 돌면서 되도록 많은 유마고수들을 죽여야 한다. 그래야지만 아미승들이 받는 타격이 그만큼 줄어들 것이다.

하지만 그는 서둘지 않고 천천히 포위망의 안쪽, 그리고 왼쪽으로 비스듬히 전진하면서 의천검을 휘둘렀다.

서둔다고 해서 적을 더 많이 죽이는 것이 아니다. 빠르고 정확하게 적의 급소를 베고 찌르는 것이 더 중요하다.

파파파아아ㅡ

그가 지나는 곳의 유마고수들은 그에게 공격해 오는 것보다 더 빠르게 튕겨져 날아갔다.

의천검은 보이지 않았다. 단지 희고 새파란 검광이 마치 희고 푸른 비늘을 지닌 용이 허공에서 몸을 뒤채는 것처럼 번뜩일 뿐이다.

"아악!"

포위망 안쪽에서 가냘픈 여자의 구슬픈 비명 소리가 들렸다. 어린 여자의 목소리다. 아미승 중에 어린 사대제자가 또 한 명 죽은 듯했다.

진검룡은 좀 더 힘을 내야겠다고 생각했다. 그는 한 발자국씩 전진하며 오른손으로는 의천검을 휘두르며 왼손을 활짝 펴서 포위망 안쪽을 향해 힘들이지 않고 슬쩍 밀어냈다.

쫘르릉!

콰콰아아ㅡ!

순간 뇌성벽력이 터지듯 굉렬한 폭음이 터지면서 폭풍 같은 경풍이 부챗살처럼 촤악 펼쳐지듯 뿜어졌다.

"크아악!"

"흐아악!"

그 일장에 정통으로 적중되어 즉사한 유마고수는 두 명이고, 휩쓸려서 삼사 장 밖으로 가랑잎처럼 날아가는 자는 세 명이다.

한 번의 장력에 다섯 명이나 죽였다. 좁은 장소에 많은 적들이 몰려 있기 때문에 가능한 일이다.

죽든 휩쓸려 날아가서 부상을 입든 상관이 없다. 어쨌든 그들은 다시는 싸우지 못할 테니까.

꽈르릉!

진검룡은 전진하면서 세 차례 더 왼쪽 포위망 안쪽을 향해 장력을 뿜어냈다.

천절뢰장(天絶雷掌)이라는 절학으로, 극음지기로 발출하면 천절극빙이 되고 극양지기로 발출하면 천절극열(天絶極熱)이 되는 사문의 성명장법이다.

총 네 번의 천절뢰장 발출로 진검룡이 전진하고 있는 왼쪽은 휑하니 넓어졌다.

그를 공격하던 유마고수들의 동작이 한순간 정지했다. 너무 놀라면 몸이 움직이지 않는 것은 인간의 본성이다.

왼쪽으로 뻥 뚫린 곳 끝에 아미승들이 원형을 형성하고 있는 한 부분이 얼핏 보였다.

그때 그곳에서 붉은색의 자허신검(紫虛神劍)을 휘두르다가

뚝 멈춘 백의 가사를 입은 육십여 세가량의 여승이 진검룡을 발견하고는 눈을 크게 뜨며 놀라서 외쳤다.

"진 시주!"

자허 신니는 진검룡이 이쪽을 보면서 가볍게 고개를 끄덕이고는 계속 검을 휘둘러 적들을 주살하는 것을 보며 자신도 모르게 크게 안도의 한숨을 토해냈다.

"아아, 이제 됐다."

第六十二章
절진(絶陣)에 갇힌 천룡(天龍)

大中原

강둑 나무 위에 숨어 있는 부상쾌는 너무도 굉장한 광경을 보고 아연실색하고 말았다.

진검룡이 유마고수들 한복판으로 내리꽂히는가 싶더니 먹구름이 짙고 낮게 내려앉은 캄캄한 하늘에서 뇌전이 번뜩이는 것처럼 검광이 번뜩이면서 유마고수들이 마구 튕겨 나갔다.

그리고 그가 장력을 발출하자 뇌성벽력이 치면서 유마고수들이 메뚜기 떼가 한꺼번에 날아오르듯이 장력에 휩쓸려 날아가 버렸다.

진검룡이 그런 식으로 검을 휘두르면서 네 차례 장력을 발출하니까 그 주위가 휑하니 비었다.

눈 몇 번 깜빡거릴 사이에 유마고수들을 칠팔십 명이나 거꾸러뜨린 것이다.

부상쾌는 진검룡이 강무교에게 했던 말, 즉 강무교와 고명, 적설 세 명이 합공을 해도 살명루의 마도고수, 즉 살명고수 한 명의 백 초를 견디지 못할 것이라고 했던 말이 생각났다.

부상쾌는 살명고수나 유마고수나 비슷한 수준일 것이라고 생각했다.

그런데 진검룡이 반 다경 사이에 유마고수를 사십여 명이나 쓰러뜨렸으니, 과연 강무교와 그의 무공 차이가 도대체 어느 정도라는 말인가.

'저이는 정말 대단해. 아니, 천하제일이야!'

그녀의 마음속에서 진검룡은 더 이상 주군이 아니다.

하지만 유마고수들이 살명고수보다 훨씬 고강하다는 사실을 그녀는 모르고 있다.

유마부 제일전주(第一殿主)는 죽은 수하의 상처 부위를 보고는 움찔 놀랐다.

'혈화흔.'

다음 순간 그는 마치 천룡이 승냥이 떼를 짓밟듯이 수하들을 죽이고 있는 진검룡을 쳐다보다가 심장이 오그라들 정도로 대경실색했다.

'서… 설마… 청룡검신!'

만약 그가 수하의 상처 부위에 나타난 혈화흔을 먼저 발견하지 못했더라면 진검룡을 봤더라도 청룡검신인지 알아보지 못했을 것이다.

혈화흔은 너무도 유명하며 그것을 남긴 사람이 정파의 절대자 청룡검신이라는 것은 잘 알려져 있는 사실이지만, 청룡검신의 진면목을 본 사람은 극히 드물다.

혈마련에서는 중간급 간부 이상에게 의무적으로 천의맹과 사황벌의 중요 인물 수십 명의 용모와 신상에 대한 사항을 몇 년에 걸쳐서 숙지하도록 했다.

그랬기 때문에 유마부 제일전주는 혈화흔을 발견한 다음에 진검룡을 본 순간 청룡검신이라고 확신을 한 것이다.

청룡검신을 처음 본 모든 사람들이 그렇듯이 제일전주도 한순간 머릿속이 황폐해지고 가슴이 먹먹해져서 아무것도 생각나지 않고 아무 행동도 할 수가 없었다.

그러는 동안에도 청룡검신은 가을 들녘에 추수를 하듯 수하들을 도륙하고 있었다.

약 세 호흡의 시간이 흘렀을 때 제일전주는 번쩍 정신이 들었다.

이런 상황에서의 혈마련 휘하 중간급 지위의 인물이라면 두 가지 선택으로 갈등할 수가 있다.

당장 퇴각 명령을 내리느냐, 아니면 청룡검신을 쳐서 공을 세우느냐다.

제일전주는 정신이 번쩍 드는 순간 이미 결정을 내린 상태다. 청룡검신을 죽이기로. 그래서 혈마련의 천하대계 개시 이후 최고의 공을 자신이 세우기로 작정했다.

아미파를 멸문시키는 것에 비해서 청룡검신을 죽이거나 제압하는 것은 백배 이상 큰 공이다.

더구나 아미파에게는 일차적으로 큰 타격을 입혀서 사천성에서 완전히 몰아냈으므로 일단은 성공을 한 셈이다.

또한 청룡검신을 처리한 후에 전열을 가다듬어 다시 아미파 잔당을 소탕하면 그만이다. 그러면 두 개의 공을 세우게 되는 것이다.

그는 자신을 비롯한 수하 전체의 위력을 과소평가하지 않았다. 자신들이 평소 훈련한 대로 사력을 다해서 공격하면 청룡검신을 제압할 수 있다고 믿었다.

유마부 제일전주는 부주 바로 아래 지위다. 즉, 제이인자이므로 부주가 없는 상황에서는 그가 최고 명령권자다.

제일전주는 아미승들을 포위하고 있는 아홉 명의 전주와 유마고수들에게 우렁차게 명령했다.

"모두 저자를 공격하라!"

그가 가리키고 있는 사람은 진검룡이었다.

진검룡은 과거에 이런 식으로 혼자서 수백 명에게 집중 공격을 당한 적이 세 차례 있었다.

아니, 정확하게 말하자면 과거 세 차례의 것은 지금 받고 있는 집중 공격보다 강도가 약했다.

그런데 그 당시 그는 세 차례의 싸움에서 모두 부상을 당했으며, 두 번째 싸움에서는 중상을 입었다.

경험이 풍부하고 천재적인 두뇌의 소유자인 그로서도 상황이 이처럼 갑자기 급변할 줄은 예상하지 못했다.

유마부 제일전주의 명령이 떨어지고 채 다섯 호흡도 지나기 전에 남아 있는 유마고수 사백오십여 명이 일제히 진검룡을 공격하기 시작했다.

다시 말하지만 유마부는 마도 십대마방의 하나다. 그것은 마도에서 가장 강한 열 개 방파 중 하나라는 뜻이다.

제일전주의 명령이 떨어지자마자 유마고수들은 실로 놀라울 정도로 빠르게 전열을 가다듬으면서 진검룡을 포위하기 시작했다.

그로 인해서 상황이 급변했다. 아미승들을 겹겹이 포위한 상태에서 공격을 퍼붓던 유마고수들 속을 진검룡이 한 마리 맹호처럼 누비면서 마구잡이로 도륙을 하던 손쉬운 상황이 한순간에 끝나 버렸다.

그리고는 사백오십여 명의 유마고수들이 오직 진검룡 한 사람을 맹공격하기 시작했다.

그처럼 많은 자들의 집중 공격을 받는다는 것은 눈 깜빡할 사이에 땅속으로 파고들어 사라져 버리지 않는 한 절대로 피할 수 없다는 뜻이다.

각기 다른 행동을 하고 있는 사백오십여 명을 들쑤시고 다니면서 공격하는 것이나, 여기저기에 흩어져 있는 사백여 명에게 달려들면서 공격하는 것은 어렵지 않은 일이었다.

유마고수 사백오십여 명의 합공은 상상하는 것 이상으로 막강하다. 천의맹의 절대자인 청룡검신조차도 쉽사리 빠져나가지 못할 정도다.

더구나 진검룡에겐 한 가지 좋지 않은 고집 같은 것이 있다.

일단 싸움이 벌어지면 어떤 상황이든 결코 물러나거나 도망치지 않는다는 사실이다.

쏴아아―!

쐐쐐애애액!

사백오십여 명이 한 사람을 상대할 경우에는 한꺼번에 공격하는 것이 아니다.

그러고 싶어도 그럴 수가 없다. 공간의 협소함 때문이다. 사백여 명이 한꺼번에 한 사람을 공격하면 공격자들끼리 부딪쳐서 뒤엉키며 쓰러지고 마는 불상사가 일어난다.

그러므로 한 사람을 공격할 수 있는 최대 인원은 공격자의 무위(武威)와 평소 훈련의 숙련도에 따라서 달라진다.

삼류무사들은 불과 열 명이 한 명을 공격해도 자기들끼리 부딪치고 자빠지며 난리법석이 벌어지지만, 유마고수들의 최대 한계는 무려 오십 명 정도다.

오십여 명이 진검룡을 맹공격하고 사백여 명이 그를 겹겹이 포위하여 도주로를 완벽하게 차단한다.

그러나 그게 전부가 아니다. 진검룡을 포위하고 있는 사백여 명 중에 포위망 제일선(第一線) 백 명이 공격자 오십 명의 조력자 역할을 해준다.

즉, 공격자 오십 명은 직접 공격을, 제일선 백 명은 간접 공격을 하는 것이다.

직접 공격이든 간접 공격이든 위협적이기는 마찬가지다. 찌르고 베어오는 백오십 자루의 도검 중 한 자루에 걸리기만 하면 그것으로 끝이다.

진검룡은 사방 이 장 반 정도 공간에 갇혀 버렸다. 갇혔다는 것은 여러 가지 악조건을 의미한다.

우선 도주할 수 없다. 사면팔방이 다 봉쇄됐다. 사방에는 겹겹의 포위망이 있고, 바닥은 땅이다.

그리고 동그랗게 좁은 머리 위에서는 끊임없는 공격이 소나기처럼 퍼부어진다.

둘째, 적의 공격을 방어하다 보면 내가 공격할 수 있는 기회를 찾을 수가 없다.

적의 공격이 드세면 드셀수록 나의 공격 기회는 적어지고, 그러면 상대의 공격은 더욱 거세지면서 마침내 나의 공격은 완전히 소멸되어 버린다.

셋째, 공간이 좁기 때문에 적의 공격을 피하는 것이 어려워지면서 쳐내서 막아야만 하는 상황이 된다. 같은 이유로 동작의 제한을 받아서 원하는 초식을 마음대로 펼칠 수가 없다. 그러다 보면 공력이 빠르게 허비된다.

채채채채챙!

쉬쉬쉬쉭!

진검룡은 사방과 머리 위에서 쇄도해 오는 직접 공격 오십 자루의 도검과 포위망 제일선 백 명의 간접 공격을 막고 피하느라 몸과 손이 보이지 않았다.

절정고수라고 해도 이런 상황에서는 몸을 움직여서 공격을 피한다는 것은 불가능하다.

그러나 진검룡은 공격의 절반 정도는 의천검을 휘둘러서 막아내고, 나머지 절반은 보법을 밟아서 피하고 있다.

몸을 움직여서 피한다는 것은 절대로 불가능한 상황에서도 그는 보법을 전개하고 있는 것이다. 그것은 오로지 청룡검 신이기에 가능한 일이다.

슈욱! 슉!

더구나 그는 숨 쉴 틈 없는 상황에서도 기회가 나면 놓치지 않고 왼손으로 지풍을 발출하여 적을 주살했다.

하지만 방어하고 피하는 것이 팔 할이고, 적을 주살하는 것은 불과 이 할에 그쳤다.

아미승들은 세 시진에 걸친 격렬한 싸움이 멈추자 기진맥진해서 여기저기에서 픽픽 쓰러졌다.

자신들이 전멸해야지만 끝날 것 같았던 불리하기 짝이 없는 싸움이었다.

이곳 이름도 모르는 강가의 백사장에서 자신들이 전멸할 것이고, 이곳이 무덤이 될 것이라고 예상했다. 그 정도로 절박한 상황이었다.

아미승들은 대부분 그 자리에 주저앉은 채, 그리고 더러는 서 있는 상태에서 심장이 터질 듯 가쁜 숨을 몰아쉬면서 한쪽 방향을 주시하고 있었다.

그 방향에서는 사백오십여 명 전 유마고수들이 둥글게 겹겹이 포위망을 형성한 상태에서 한복판의 무엇인가를 집중 공격하고 있었다.

하지만 유마고수들이 워낙 포위망을 겹겹이 에워쌌기 때문에 그들이 도대체 무엇을 공격하는지는 조금도 보이지 않았다.

그렇지만 아미승들은 그로 인해서 자신들이 위험에서 벗어날 수 있었다는 사실을 깨달을 수 있었다.

자허 신니를 제외한 아미승 모두는 지금이 어떻게 된 상황인지 알지 못했다.

아까 몇몇 사람이 얼핏 진검룡을 발견했으나 오직 자허 신니만 그가 누군지 알아보았기 때문이다.

"장문인!"

"이게 어떻게 된 일입니까? 저기 포위망에 갇힌 사람이 대체 누굽니까?"

그때 자허 신니의 두 사매이며 장로인 청허(靑虛)와 무허(無虛) 두 명이 달려와서 다급히 물었다.

자허 신니는 거친 숨을 몰아쉬면서 포위망에서 시선을 떼지 않으며 대답했다.

"낙양총부 청룡검신 진검룡 시주야."

"청룡검신······."

두 장로는 소스라치게 놀랐다.

"진검룡 시주가 어떻게 이곳에 온 것입니까?"

"자세한 것은 나도 모르겠다. 하지만 그가 우리를 구하러 온 것은 분명한 것 같다."

그러고 있는 사이에 일대제자와 이대제자들이 우르르 자허 신니 주위로 모여들었다.

두 장로는 포위망을 보면서 초조한 표정을 지었다.

"진 시주 혼자입니까?"

"그런 것 같다."

"도와야 하지 않겠습니까?"

"당연하다."

자허 신니는 재빨리 주위를 둘러보고 나서 명령했다.

"나와 청허, 무허, 일대제자들은 지금 즉시 진 시주를 돕고, 이대제자들은 삼대, 사대제자들을 조금 더 쉬게 한 후에 공격에 합류하라."

두 명의 장로와 일대, 이대제자들은 공손히 허리를 굽혔다.

그때 한줄기 천성전음이 자허 신니의 뇌리를 울렸다.

[장문인, 어서 아미승들을 이끌고 곤명지부로 가시오.]

자허 신니는 움찔 가볍게 놀라는 표정을 지으면서 포위망 쪽을 쳐다보았다.

그녀는 방금 그것이 진검룡의 목소리라고 판단했다.

하지만 그녀는 진검룡에게 전음을 보낼 방법이 없다. 그가 수백 명의 유마고수들 속에 파묻혀서 보이지 않기 때문이다. 그녀는 진검룡처럼 천성전음을 보내는 재주가 없다.

[여긴 내게 맡기고 어서 가시오. 그것이 나를 돕는 것이오.]

진검룡의 천성전음이 재차 들려왔다.

자허 신니는 어떻게 해야 할지 갈등했다. 사실 자허 신니를 비롯한 모든 아미승들은 기진맥진한 상태다.

최소한 두세 시진 이상 휴식을 취해야만 어느 정도라도 기력을 되찾을 수가 있다. 이런 상태로 싸우면 진검룡에게 도움다운 도움도 제대로 주지 못하고 오히려 지리멸렬하고 말 것이다.

하지만 자신들을 도우러 와서 위험에 처한 진검룡을 혼자 남겨두고 갈 수는 없는 일이다. 그것은 명문정파인 아미파가 할 짓이 아니다.

아니, 아미파를 떠나서 자허 신니의 생각으로도 그것은 절대 있을 수 없는 일이다.

진검룡이 신이 아닌 이상 혈혈단신으로 유마고수 사백오십여 명의 공격을 감당할 수는 없다.

자허 신니는 진검룡에게 공격을 퍼붓고 있는 유마고수들의 포위망을 주시하면서 만면에 격한 감동이 떠올랐다.

'하늘 아래에 저토록 정의로운 사람은 결코 없다. 그러므로 그를 죽게 내버려 두는 것은 죄악이다.'

진검룡은 자신이 죽을지도 모르면서 아미승들을 구하기 위해서 이 싸움에 망설임없이 뛰어들었다.

이유는 간단하다. 바로 그것이 정의이기 때문이다.

진검룡의 천성전음이 다시 자허 신니의 머릿속을 울렸다.

[장문인, 당신들이 가지 않으면 걱정 때문에 마음껏 싸울 수 없다는 것을 아시오.]

그 말을 듣는 순간 자허 신니는 결정을 내렸다.

만약 진검룡이 유마고수 사백오십여 명을 물리칠 자신이 있다면 아미승들이 이곳에 있든 곤명지부로 가든 별로 상관하지 않을 것이다.

그런데 그는 아미승들에게 자꾸만 곤명지부로 가라고 재촉하고 있다.

그래서 자허 신니는 그가 유마고수들을 물리칠 자신이 없기 때문인 것으로 해석했다.

그녀는 이대제자 이하 모두를 곤명지부로 보냈다.

그리고 자신과 두 명의 장로, 일곱 명의 일대제자 도합 열 명은 강둑 위쪽의 숲으로 들어가서 운공조식을 취했다.

어느 정도 기력을 회복한 후에 죽기를 각오하고 진검룡을 도울 생각이다.

'아아, 어쩌지? 어떻게 하면 좋아.'

강둑 위 나뭇가지에 앉아 있는 부상쾌는 극도로 초조한 표정을 지으며 어쩔 줄을 몰랐다.

그녀는 진검룡이 수백 명의 유마고수들에게 에워싸인 채 공격을 당하는 광경을 보고는 조금 전까지만 해도 그가 하늘이며 절대자라고 여겼다는 사실을 까맣게 잊어버리고 불안함 때문에 발만 동동 굴렀다.

그녀가 보기에 저 사지(死地)에서는 진검룡 아니라 진검룡 할아버지라고 해도 절대로 살아 나오지 못할 것 같았다.

강가 백사장 한복판의 반경 삼십여 장 안에는 유마고수들만 보였다.

그들이 세 겹의 포위망을 형성한 채 왼쪽으로 돌고 있는 사이에 오십여 명의 유마고수들이 포위망 안쪽과 허공에서 마구 공격을 퍼붓고 있다.

진검룡의 모습은 아예 보이지도 않았다. 그러나 유마고수들이 계속 공격을 퍼붓고 있는 것으로 미루어 그가 아직 죽지 않은 것만은 분명했다.

'으드득! 찢어 죽일 중년들! 구해줬더니 그이를 혼자 내버려 두고 도망쳤어!'

그녀는 숲 쪽을 힐끗 쳐다보며 이를 갈았다. 조금 전에 아미승들이 서둘러 백사장을 떠나 숲 안으로 들어가는 것을 보고는 도주하는 것이라고 판단한 것이다.

그녀는 다시 백사장의 포위망을 쳐다보았다. 그녀의 두 눈에는 분노의 핏발이 곤두섰으며 안타까움의 눈물이 맺혔다.

혼자 수백 명에게 공격당하고 있는 진검룡이 가련하고 또 그가 금방이라도 죽을지도 모른다는 생각이 들었다.

그리고 진검룡 없이는 자신도 살 수 없다는 생각도 들었다. 거기까지 생각이 미친 그녀는 더 이상 지켜보고만 있을 수가 없었다.

"기다려요. 제가 가요."

차앙!

순간 부상쾌는 나무에서 뛰어내리면서 어깨의 도검을 뽑으며 백사장의 포위망을 향해 미친 듯이 달려갔다.

지금 그녀의 머릿속에는 단 하나 이외에는 아무 생각도 떠오르지 않았다.

촌각이라도 빨리 진검룡 곁으로 가야 한다는 것이다.

남쪽에서 달려온 세 여자가 강둑 위에 멈추며 크게 놀라 탄성을 터뜨렸다.

"아!"

"어… 떻게 된 거야?"

그녀들은 곤명지부에 와서 도움을 청했던 아미파의 두 여승과 한송이었다.

세 여자는 강가의 백사장에 아미승이 한 명도 없으며, 수백 명의 유마고수들이 한 군데에 모여 겹겹이 포위망을 형성하고 있는 광경을 발견하고 놀라움을 금치 못했다.

"저기!"

그때 이십대 중반의 여승, 즉 한송의 이사저(二師姐)인 혜원(慧元)이 한곳을 가리켰다.

그녀가 가리킨 곳은 백사장인데 부상쾌가 포위망을 향해 전력으로 달려가고 있는 모습이 보였다.

"유마고수들에게 포위당한 사람은 진 대주님이 분명해요!"

한송이 자지러지듯이 외쳤다.

그녀는 일 년 반 전에 청룡검대의 일원으로서 진검룡의 휘하에서 일 년 동안 근무를 한 적이 있었다.

명문정파의 자제와 제자들은 반드시 천의맹 낙양총부의 천의사대에서 일 년 이상 복무해야 한다는 규정이 있기 때문이다.

그 과정을 거쳐야지만 명문정파의 자제와 제자들은 비로소 무림에서 인정을 받게 된다.

청룡검대에는 구백여 명의 청룡검수(靑龍劍手)들이 있는데, 진검룡은 그들에게 절대신 같은 존재였다. 청룡검수들이 청룡검대를 떠나더라도 그 사실은 변함이 없다.

중년 여승이 초조한 표정으로 말했다.

"진 시주께서 본 파를 구하고 포위당하신 것이 분명하군."

그녀는 자허 신니의 대제자(大弟子)인 혜승(慧承)이다. 혜원이 이제자고 한송이 삼제자다.

백사장에는 부상당한 아미승이나 시체가 전혀 보이지 않았다. 아미승들이 모두 데려갔기 때문이다.

"대사저! 어서 진 대주님을 도와요!"

"가자!"

한송의 다급한 외침에 혜승은 고개를 끄덕였다. 길을 가다가 정파인이 저런 상황에 처했다고 해도 구해야 할 판국이거늘, 진검룡은 아미파를 구하고 저 지경이 됐으므로 목숨을 버려서라도 구하는 것이 당연하다.

세 여자는 저 멀리 달려가고 있는 부상쾌 뒤를 쫓아 전력으로 쏘아갔다.

집중 공격이 시작된 이후 일각 정도가 흘렀을 즈음, 진검룡은 이십삼 명의 유마고수를 죽였다. 십오 명은 왼손 지풍으로, 여덟 명은 검으로 죽였다.

집중 공격을 당하지 않는 상황이었으면 일각 동안 최소한 오십여 명은 죽였을 것이다. 그 정도로 집중 공격은 그의 손발을 제대로 묶어버렸다.

그리고 일각 동안 그의 옷자락이 세 군데 베어졌으며, 등쪽에 가볍게 베인 상처를 입었다.

청룡검신이 상처를 입는다는 것은 있을 수 없는 일이지만, 지금의 상황이 그 정도로 절박한 것이다.

그는 일각 동안 유마고수들의 집중 공격 속에 갇힌 상황에서 한 가지 계획을 세웠다.

지구전(持久戰)을 벌일 생각이다. 일각 동안 버티면서 적의 공격을 막고 피하며 이십삼 명을 죽였으니까, 이각이면 사십육 명, 반 시진이면 구십이 명을 죽일 수 있다는 계산이 나온다.

반드시 계산처럼 되지는 않을 것이다. 또한 적의 수가 줄어든다고 해서 집중 공격이 느슨해지는 일은 없을 것이다.

적들은 사망자가 나오면 그 즉시 시신을 뒤로 빼내고 다른 자가 공격자 오십 명이나 제일선을 메우기 때문이다.

그렇다고 해도 유마고수들의 수는 한정되어 있다. 자꾸 죽이다 보면 공격자든 포위망이든 타격을 받게 될 터이다.

진검룡은 사문의 최고 절학을 발휘하여 짧은 시간 안에 다수의 적을 죽이는 방법도 생각해 봤다.

하지만 위험이 따른다. 최고 절학을 발휘해서 한 번에 죽일 수 있는 적은 약 십오륙 명 정도다.

그리고 그는 연이어서 네 차례쯤 최고 절학을 전개할 수 있다. 최고 절학은 한꺼번에 많은 공력을 소비하기 때문에 네 차례 이상은 무리다.

그렇게 해서 육십여 명 정도를 죽일 수가 있다. 적들이 큰 타격을 받은 상황에서 그가 도주를 한다면 별문제지만, 그는 그럴 생각이 추호도 없다.

악을 발견하고 싸움이 벌어진 이상 끝까지 싸워서 전멸을 시킬 각오다. 악을 버려두고 물러난다는 것은 생각할 수도 없는 일이다.

그래서 그는 결국 지구전을 선택한 것이다. 이런 식으로 몇 시진쯤 싸우는 것으로는 공력이 고갈되지 않기 때문이다.

"주군!"

그때 진검룡의 뒤쪽 포위망 바깥에서 귀에 익은 애처로운 목소리가 들렸다.

나뭇가지 위에 앉아서 기다리라고 했던 부상쾌의 목소리가 분명했다.

진검룡은 그녀가 달려올 줄은 추호도 예상하지 않았다.

[상쾌! 어서 돌아가라!]

그는 급히 부상쾌에게 천성전음을 보냈다.

하지만 그 순간 부상쾌는 포위망 바깥쪽의 유마고수들을

향해 도검을 휘두르며 짓쳐가고 있는 중이다.

아니, 그녀의 도검은 막 두 명의 유마고수 목과 등을 베고 있었다.

유마고수들은 세 겹의 포위망을 형성하고 또 진검룡을 공격하는 데 열중하느라 등 뒤에서 부상쾌가 쏘아오는 기척을 감지하지 못했다.

그러다가 그녀가 방금 진검룡을 부르는 소리에 움찔 놀라서 뒤돌아보았다.

파아악!

"크아악!"

부상쾌 왼손의 검이 유마고수 한 명의 목을 자르고, 도는 또 한 명의 유마고수 등을 가로로 비스듬히 그어버렸다.

그러나 그것뿐이다. 유마고수 두 명이 포위망에서 떨어져 나와서 죽은 두 명을 바깥으로 끌어내는 한편 다른 두 명이 곧장 부상쾌를 협공하기 시작했다.

부상쾌는 어떻게 해서든지 포위망을 뚫고 진검룡 곁으로 다가가는 것이 목적이지만 현실의 벽은 너무나 높았다.

포위망은 네 명을 분리시킨 후에도 여전히 견고하게 회전하고 있었다. 시체를 치운 두 명의 유마고수는 다시 포위망에 합류했다.

차차차창!

두 명의 유마고수가 양쪽에서 협공해 오자 부상쾌는 미친 듯이 도검을 휘둘러서 막고 피하느라 정신이 없다.

'너… 무 강하다.'

유마고수 두 명의 협공이 시작된 지 두 호흡이 지나기도 전에 부상쾌는 정신이 번쩍 들었다.

패애액! 쐐액!

두 명의 유마고수는 똑같이 파풍도(破風刀)를 사용하고 있으며, 부상쾌의 급소만을 노리고 쏘아오는 파공음이 흡사 귀신의 울부짖음처럼 섬뜩했다.

차차차창!

그들이 양쪽에서 숨 돌릴 틈도 없이 합공을 하기 때문에 부상쾌는 다른 방향으로 비틀거리면서 물러나며 상체를 젖히고 고개를 숙이며 허리를 비트는 등 피하는 한편 오른손의 도를 휘둘러 공격을 막아내기에 급급했다.

발도산검파의 수많은 변화 중에서도 기본이 다수의 적을 상대할 때에는 도로 막고 검으로 공격하는 방식이다. 약한 검으로 막으면 부러지기 십상이고, 공격 면에서는 무거운 도보다는 가벼운 검이 유리하기 때문이다.

공격을 받은 지 다섯 호흡쯤 지날 때까지도 부상쾌는 계속 뒤로 밀리면서 허우적거리듯이 도검을 휘두르고 온몸을 춤을 추듯이 흔들어대고 있었다.

그러다 문득 그녀는 적의 공격이 처음에 느꼈을 때만큼 강하지 않다는 사실을 깨달았다.

그리고는 그 원인이 두 가지 때문이라는 사실을 아울러서 깨달았다.

첫째는 이곳이 백사장이라서 발이 푹푹 빠지는 바람에 적들의 동작이 평지처럼 원활하지 못했다.

둘째는 부상쾌 자신의 실력이 생각했던 것만큼 형편없지 않다는 사실이다.

물론 유마고수 두 명을 한꺼번에 상대하기에는 많이 부족할는지 모른다.

하지만 그들이 무림에서도 쟁쟁한 '유마고수'라 불리고, 부상쾌 자신이 일개 지부의 조원인 '무사'라는 점을 감안하면 유마고수 두 명의 합공을 다섯 호흡 동안 무려 십여 초 이상을 견디고 있다는 사실은 대단한 것이다.

그리고 그녀는 다시 한 가지 사실을 깨달았다. 진검룡이 지금까지 경혼조원들을 혹독하게 수련시킨 목적이 그들을 일개 '무사'가 아닌 '고수'로 키우려고 했다는 사실이다.

'정신을 차리자, 정신을!'

그녀는 공격을 계속 피하고 막으면서 입술을 피가 나도록 힘껏 깨물었다.

경혼조원들은 얼마 전까지만 해도 당랑천 강가 백사장에서 발이 푹푹 빠지며 하루 종일 수련을 했었다. 그렇기 때문에 경혼조원들에게 백사장은 평지나 다름이 없다.

부상쾌는 이곳이 백사장이라는 장점을 최대한 살리는 동

시에, 자신의 실력이 이들에 비해서 형편없지 않다는 사실을, 그래서 한번 싸워볼 만하다는 사실을 빨리 스스로에게 인지 시키는 것이 중요하다고 생각했다.

'해보자!'

이제는 진검룡 곁으로 가는 것이 문제가 아니다. 살아남아서 유마고수를 한 명이라도 죽여 진검룡에게 보탬이 되어야만 하는 것이다.

쐐애액! 쉬이익!

그 순간 유마고수 두 명의 도가 양쪽에서 부상쾌의 목과 옆구리를 향해 무섭게 쇄도했다.

지금까지와는 달리 너무도 빠르고 위력적인 공격이라서 부상쾌는 일순 움찔 몸이 굳어버렸다.

그러는 사이에도 두 자루 도는 계속 엄습하여 그녀의 몸 한 자까지 쇄도하고 있었다.

부상쾌의 눈이 커졌고 동공이 마구 흔들렸다. 어떻게 해야 할지 갈피를 잡지 못했다.

이대로 두 자루 도에 몸이 잘라져서 죽을 것이라는 생각만 머릿속에 가득 차올랐다.

스사사—

그런데 그 순간 그녀의 의지와는 달리 두 발이 어지럽게, 그리고 빠르게 교차하며 움직였다.

두 발은 눈 깜짝할 사이에 사방 두 자 내에서 십여 차례 이상 방위를 밟았다.

그리고는 믿을 수 없게도 두 자루 도를 너무도 간단하게 피해 버렸다.

찰나 부상쾌는 정신이 번쩍 들었다.

'미영신보!'

그렇다. 방금 그녀 자신도 모르는 사이에 두 발이 멋대로 전개한 보법은 그녀가 진검룡과 함께 징강지부로 갔을 때 객잔에서 그를 졸라 배웠던 미영신보였던 것이다.

그날 이후 틈만 나면 죽을 둥 살 둥 사력을 다해서 연습했던 미영신보였다.

그런데 목숨이 경각에 처한 순간에 저절로 펼쳐져서 위기를 넘기게 해주었다.

아니, 세상에 저절로 펼쳐지는 무공이란 없다. 저절로 펼쳐질 정도로 혹독하게 연습을 했기 때문에 가능한 일이다. 그것은 정신보다 몸이 더 먼저 반응을 할 정도로 연습을 했다는 뜻이다.

또 하나의 힘 미영신보가 있다는 사실을 깨달은 부상쾌는 전의가 활활 불타올랐다.

위험에 처한 부상쾌를 도와주기 위해서 전력으로 경공을 펼쳐 쏘아오던 한송과 혜승, 혜원은 그녀에게서 오 장 거리에 이르렀을 때 놀라운 광경을 목격했다.

"흐악!"

부상쾌가 협공을 당하고 있던 유마고수 한 명의 목을 검으로 깊숙이 찌른 것이다.

한송 등 세 여자는 진검룡이 곤명지부의 경혼조장이고, 부상쾌가 조원이라고 알고 있었다.

다만 아까 부상쾌가 진검룡에게 익숙한 몸짓으로 업혀서 멀어지는 광경을 보면서 두 사람이 조금 특별한 관계일지도 모르고, 부상쾌가 경공을 펼치지 못하기 때문일 것이라는 정도로 짐작했었다.

그런데 부상쾌가 조금 전에 포위망 바깥을 형성하고 있던 유마고수 두 명을 죽이더니 지금 또 한 명의 목에 검을 찌른 것이다.

조금 전에 포위망을 형성하고 있던 두 명을 죽인 것은 유마고수들이 방심하고 있다가 당했다고 해도, 방금은 제대로 싸우는 중에 벌어진 일이다.

아니, 부상쾌는 열세에 처해서 막고 피하기에만 급급했었는데 느닷없이 반전이 벌어진 것이다.

패액!

"끅!"

그런데 그때 부상쾌가 도를 휘둘러 한 명 남은 유마고수의 목을 뎅겅 잘라 버렸다.

그와 동시에 한송 등이 부상쾌에게 당도했다.

그런데 부상쾌는 정신이 반쯤 나가 버린 격앙된 상태라서 갑자기 나타난 한송 등을 적으로 오인하고 도검을 휘두르며 전력으로 공격해 왔다.

차차창!

"멈춰요! 우리예요!"

혜승이 검을 휘둘러 부상쾌의 도검을 막으면서 급히 외쳤다.

부상쾌는 듣지 못한 듯 재차 공격하려다가 핏발이 곤두선 눈으로 한송 등을 발견하고 뚝 동작을 멈추었다.

"하아아… 하아……."

부상쾌는 숨이 턱까지 차서 가슴과 어깨를 들먹이며 거칠게 숨을 몰아쉬었다.

한송 등은 부상쾌를 보면서 다시 한 번 놀랐다. 왜냐하면 그녀가 이처럼 극도로 지쳤다는 것은 그녀에게 공력이 없거나 있어도 극히 미약한 수준이라는 사실을 뜻하기 때문이다. 그런 그녀가 유마고수를 네 명이나 죽인 것이다.

부상쾌는 한송 등에게 슬쩍 일별(一瞥)을 준 후 즉시 유마고수들의 포위망을 향해 다시 돌진해 갔다.

한송 등은 부상쾌가 너무 지쳤기 때문에 급히 말리려고 했으나 그녀는 이미 유마고수들의 일 장 뒤에까지 이르러 도검을 휘두르며 짓쳐가고 있는 중이다.

부상쾌를 보면서 한송 등은 그녀가 생사를 도외시하고 있다는 사실을 깨달았다.

또한 그녀가 진검룡을 목숨처럼 위하거나 아낀다는 사실도 더불어서 깨달았다. 그러나 이유는 알 수가 없다.

부상쾌를 비롯한 네 여자는 포위망 외곽의 일부분을 집중적으로 공격하기 시작했다.

최초의 공격으로 유마고수 다섯 명이 죽었고, 이후 유마고수 여덟 명이 포위망에서 떨어져 나와 부상쾌 등을 따로 공격하기 시작했다. 그녀들을 포위망에는 접근시키지 않겠다는 의도가 분명하다.

그러나 유마고수 여덟 명으로는 부상쾌 등 네 여자를 감당하기가 벅찼다.

네 여자 중에서 가장 고강한 사람은 당연히 자허 신니의 적전(嫡傳) 대제자인 혜승이다.

그녀는 장로와 비슷한 수준으로 한꺼번에 대여섯 명의 유마고수를 상대할 수 있다.

그리고 이제자인 혜원과 삼제자이며 속가제자인 한송의 실력은 비슷했다.

원래는 혜원이 한송보다 고강했으나, 한송이 일 년 동안 청룡검수로서 진검룡에게 직접 무공 지도를 받고 또 실전 경험을 풍부하게 쌓은 후에는 두 사람의 실력이 비슷해졌다.

네 여자 중에서 가장 약한 사람은 부상쾌다. 그녀가 발도산 검파를 오랫동안 수련했다고 해도 무림고수인 세 여자보다

강할 수는 없다.

어쨌든 네 여자는 잠깐 사이에 유마고수 여덟 명을 죽이고 다시 포위망으로 달려들었다.

그녀들의 의도는 어떻게 해서든 포위망 외곽의 일각을 허물어뜨리려는 것이다.

그런데 그녀들이 포위망에 닿기도 전에 이번에는 삼십 명의 유마고수들이 포위망에서 떨어져 나와 빠르게 그녀들을 포위하면서 공격을 퍼부었다.

삼십 명의 유마고수로는 네 여자를 묶어두고도 남음이 있을 것이다.

[상쾌, 괜찮으냐?]

부상쾌가 거의 이성을 잃을 듯이 도검을 휘두르고 있을 때 진검룡의 천성전음이 머리를 울렸다.

그의 따뜻한 염려에 부상쾌는 왈칵 눈물이 솟구칠 것만 같았다.

"검랑! 저는 걱정하지 마세요! 끄떡없어요!"

그녀는 용기백배하여 외쳤다. 그러면서 자신도 모르게 진검룡을 '검랑' 이라고 불렀다.

부르고 나서야 그녀는 그 사실을 깨닫고 가슴이 따스해지는 것을 느꼈다.

그리고는 앞으로 단둘이 있을 때에는 진검룡을 '검랑' 이라고 불러야겠다고 다짐했다.

한송 등은 방금 부상쾌가 포위망 쪽을 향해서 '검랑'이라고 외치는 소리를 듣고 적잖이 놀랐다.

　진검룡은 무림이 알아주는 철석간담의 목석이며, 그에게는 천의맹주인 천의봉후 백소운이라는 정혼녀가 있다는 사실을 잘 알고 있기 때문이다.

　하지만 방금 부상쾌가 진검룡을 '검랑'이라고 부른 것 때문에 한송 등은 두 사람이 매우 각별한 사이일 것이라고 짐작하게 되었다.

第六十三章

무적 경혼조

大中原

[전주들은 제일선으로 나서라.]

유마부 제일전주의 다급한 전음이 다른 아홉 명의 전주들에게 전해졌다.

그러자 포위망 여러 곳에 흩어져 있던 열 명의 전주들이 제일선으로 집결했다.

전주들의 무위는 유마고수들보다 두 배 반 이상 고강하다. 그것은 실전에서, 특히 지금 같은 집중 공격 상황에 놀라운 위력을 발휘한다.

제일전주는 열 명의 전주들이 제일선에서 공격하도록 하여 속전속결로 진검룡에게 치명타를 안기려는 의도다.

제일전주의 전음이 재차 아홉 명의 전주들에게 전해졌다.

[제일선에서 최선(最線) 공격과 합공하라!]

즉, 진검룡을 직접 공격하고 있는 최선의 오십 명과 합세하여 공격하라는 것이다.

유마고수들이 한 명의 표적을 공격할 경우 최대 인원은 오십 명이지만 고강한 전주들은 다르다.

공격하는 오십 명 틈새로 비집고 들어가서 적의 허점만을 노리고 치명 공격을 가하는 것이다.

스사사—

진검룡은 진세가 미미하게 변하는가 싶더니 갑자기 감청색 장포를 입은 열 명이 공격자 속 열 방향에서 매우 빠르고 뛰어난 솜씨로 공격해 오는 것을 발견했다.

열 명의 전주들은 기존 오십 명의 공격자들을 추호도 방해하지 않은 상태에서 자신들만의 진형(陣形)을 만들어 공격해 오고 있었다.

말하자면 오십 명의 직접 공격에 오십 명이 더 보태져서 백 명이 공격을 하고 있는 것이다.

전주 각자의 무위가 유마고수에 비해서 두 배 반 이상 고강하기 때문이다.

그로 인해서 여태까지의 팽팽하던 균형이 여지없이 깨졌다.

오십 명의 공격에 열 명이 더 보태지면 계산적으로는 단지 육십 명이다.

하지만 팽팽하게 균형을 유지하고 있는 상황에서 열 명이 보태지는 것은 그릇에 물이 가득 담겨서 찰랑찰랑한 상태에서 물을 더 붓는 것이나 다름이 없다.

물을 부으면 그릇에 넘친다. 즉, 여태까지의 균형이 여지없이 깨지는 것이다.

그런데 단지 열 명만 보태진 것이 아니라 오십 명이 보태졌으니 물이 넘치다 못해서 그릇이 깨질 위기에 처했다.

또한 지구전으로 유마고수들을 몰살시키겠다는 진검룡의 계획도 여지없이 깨졌다.

쏴아아아—!

쉬쉬쉬이익!

기존 오십 명의 공격이 진검룡 한 몸을 향해 소나기처럼 쏟아지는 가운데, 전주 열 명의 공격이 소나기 속의 번갯불처럼 십방(十方)에서 몰아쳐 왔다.

진검룡은 여태까지 고수해 온 방법으로는 이 위기를 넘길 수 없다고 판단했다.

적이 두 배 이상 강한 공격으로 나오면 이쪽에서도 같은 수위로 상대해야만 한다.

호신강기를 일으켜 몸을 보호한 상태에서 수직으로 솟구쳐 오르면 위기에서 벗어날 수 있으나 아직까지도 그럴 마음은 추호도 없다.

후우우.

순간 진검룡이 자령심공을 팔성으로 끌어올리자 의천검이 금빛으로 물들었다.

아니, 의천검이 금빛으로 물드는 것과, 세 개의 원(圓), 즉 크고, 작고, 더 작은 세 개의 각기 다른 원을 머리 위와 가슴 높이, 허벅지 높이에서 만들어낸 것은 동시에 일어난 일이다.

쿠우우웅!

도저히 쇠로 만든 검이 만들어내는 소리라고는 믿어지지 않는 굉음이 허공을 떨어 울리면서 세 개의 원이 잔잔한 수면의 파문처럼, 그러나 섬전처럼 빠르게 확산되었다.

세 개의 원은 결코 둥글지 않다. 단지 둥근 형상일 뿐이다.

오히려 그림으로 그린 별모양처럼 삐죽삐죽하다. 하나의 원에 최대 열 개까지의 살초(殺招)가 담겨 있기 때문이다.

파아아―

세 개의 원은 작은 태양이 폭발하듯 확산되면서 유마부의 공격자들을 한꺼번에, 그리고 동시에 베었다.

그것은 진검룡을 진원지로 하고 포위망 안쪽을 세력권으로 하여 휘몰아친 작은 태풍이었다.

콰차차차창!

태풍은 공격자들의 머리와 목, 가슴, 허리, 그리고 도검들을 무를 베듯 와수수 잘라 버렸다.

방금 진검룡이 전개한 것은 그의 사문 절검문의 이대절학(二代絶學) 중 하나인 절륜신검(絶輪神劍)이다.

공력이 오기조원(五氣造元)에 이르러야지만 전개할 수 있는 초상승절학이다.

만약 화경(化境)에 이르러 절륜신검을 전개하면 사방 이십여 장 이내를 초토로 만들어 버린다. 또한 아무리 전개해도 공력이 허비되지 않는다.

공격자들은 느닷없는 굉장한 현상에 뭐가 어떻게 된 것인지 상황을 파악하지 못했다.

진검룡을 중심으로 삼 장 이내에 있던 유마고수들은 죽거나 부상을 당하거나 뒤로 밀려가 와르르 쓰러졌다.

절륜신검 단 한 차례 전개에 즉사한 공격자가 열 명이고, 이십여 명이 부상을 당했으며, 삼십여 명이 뒤로 밀려나서 쓰러졌다.

그런 상황이기 때문에 온전히 제정신을 갖고 있을 유마고수가 있을 리 없다.

그 순간을 놓칠 진검룡이 아니다. 그는 한 번의 절륜신검 전개로 본신 공력의 이 할 정도를 허비했으나 쏜살같이 앞으로 치고 나가면서 다시 한 번 절륜신검을 전개했다.

쿠와아웅!

조금 전에는 세 개의 원이 상중하로 뿜어졌으나, 이번에는 세 개의 각기 다른 크기의 원이 전방과 좌우 세 방향으로 뿜어져 나갔다.

온갖 소리가 한꺼번에 터져 나왔다. 의천검에서 뿜어진 검강(劍罡)의 륜(輪)이 뼈와 살을 베는 소리, 도검을 박살 내는 소리, 그리고 유마고수들을 쓸어버리는 소리다.

진검룡은 이 기회에 포위망을 와해시켜 버릴 생각이다. 그러기 위해서는 한 차례의 절륜신검이 더 필요하다.

부상쾌와 세 명의 여자, 아니, 그녀들과 치열하게 싸우고 있던 유마고수들마저 일제히 동작을 멈추고 포위망 안쪽을 쳐다보았다.

세 겹의 포위망 때문에 포위망 안쪽에서 무슨 일이 벌어지고 있는지는 보이지도 알 수도 없다.

하지만 포위망 복판의 허공으로 섬광이 솟구치면서 폭음이 터지고 있었다. 그 폭음 때문에 놀라서 부상쾌 쪽의 싸움이 일순간 멈춰진 것이다.

화우우!

콰콰콰우웅!

부상쾌와 세 여자, 그리고 유마고수들이 놀라서 쳐다보고 있는 사이에 세 번째 섬광과 폭음이 포위망 안쪽에서 터져 나왔다.

"도대체 저 안에서 무슨 일이……."

한송은 대경실색한 얼굴로 중얼거렸다.

세 차례의 절륜신검으로 포위망 안쪽은 초토화됐다.

유마고수 사십여 명이 죽었고, 백여 명이 부상을 당했다.

실로 경천동지(驚天動地)할 일이 아닐 수 없다. 대저 당금 무림의 어느 뉘라서 단 세 차례의 공격으로 유마고수들을 백 사십여 명이나 살상시킬 수 있겠는가.

더구나 그들 중에는 전주 일곱 명이 포함되었다. 특히 전주 들이 많이 죽거나 다친 이유는 진검룡이 그들을 표적으로 삼 았기 때문이다.

마도의 쟁쟁한 십대마방 중 하나인 유마부의 유마고수들 이라고 하지만, 이처럼 엄청난 충격 앞에서는 넋이 달아나고 혼이 나갈 수밖에 없다.

유마고수들은 감히 진검룡에게 접근할 엄두를 내지 못하 고 그 자리에서 주춤주춤 뒤로 물러서고 있었다.

그러나 진검룡은 연이은 세 차례의 절륜신검 전개로 무려 오 할의 공력을 허비했다.

완전히 회복하려면 최소한 반 시진의 휴식이 필요하다. 하 지만 싸움은 계속될 것이고, 그에게는 쉴 시간이 주어지지 않 을 것이다.

그렇지만 그는 비단 휴식을 취할 생각이 없을 뿐만 아니라 오히려 유마고수들을 향해 쏜살같이 짓쳐갔다.

휘이이—

그의 의천검에서 펼쳐지는 것은 다시 발도산검파다.

퍼퍼퍼퍽! 스사사아아—!

그러나 얼마 전까지는 찌르는 것 일색이었으나 이제는 찌르고 벤다.

이런 상황이고 또 공력이 오 할뿐이라고 해서 닥치는 대로 찌르고 베지는 않는다.

그의 의천검은 적의 급소를 정확하게 찌르고 벤다. 그러므로 상처 길이는 기껏해야 두 치를 넘지 않는다.

방금 전 세 차례 절륜신검 공격으로 유마고수들의 포위망은 제일선이 와해된 상태다.

지금 진검룡이 해야 할 일은 파죽(破竹)의 여세를 몰아서 절진(絶陣)이라고 해도 좋을 만큼 막강한 이 포위망을 완전히 깨부수는 것이다.

퍼퍼퍼퍽! 파파아아ㅡ!

의천검이 한 번 번뜩일 때마다 한 명, 혹은 두 명의 유마고수가 혈화흔을 만들며 어김없이 거꾸러졌다.

진검룡은 어수선해진 포위망 한복판에서 이리저리 부딪치면서 잠깐 사이에 이십여 명을 주살했다.

하지만 아직 적들은 삼백여 명 가까이나 남아 있는 상태다.

"흩어지지 마라! 포위망을 구축하라!"

제일전주는 십여 명의 유마고수들과 함께 진검룡의 배후로 맹렬하게 공격해 가면서 우렁차게 외쳤다.

진검룡은 빙글 반회전하여 몸을 돌려 그들을 맞이하며 의천검을 휘둘렀다.

쐐쐐애액!

제일전주와 십여 명의 유마고수들이 찌르고 그어대는 도검이 뇌전처럼 진검룡의 온몸으로 내리꽂혔다.

진검룡은 그 공격을 피하는 것과 동시에 반격을 하여 두 명의 유마고수를 쓰러뜨렸다.

그때 그의 배후에서 또 다른 전주가 이번에는 이십여 명의 유마고수들을 이끌고 마치 철벽을 연상하게 하는 맹공을 퍼부었다.

콰아아—!

진검룡이 공세에서 수세로 전환되는 그 짧은 순간에 유마고수들은 어느새 전열을 정비하기 시작했다. 다시 포위망이 재개되고 있는 것이다.

하지만 진검룡으로서는 속수무책이다. 지금 당장 상대하고 있는 앞뒤의 삼십여 명을 도외시할 수가 없기 때문이다. 그렇지만 그들을 상대하다 보면 어느새 포위망이 완성되어 있을 것이다.

그때 멀지 않은 곳에서 까마귀 울음소리 같은 괴상한 소리가 터졌다.

"끼야야앗! 이놈 새끼들! 우리 조장에게서 당장 물러나지 않으면 대갈통을 빠개서 뇌수를 훌훌 마셔 버릴 테다—!"

남녀 열세 명이 백사장을 가로질러 포위망 쪽으로 죽을힘을 다해서 달려오고 있는데, 그 가운데 한 여자가 양손의 도검을 머리 위로 치켜들고 휘두르면서 바락바락 악을 쓰고 있었다.

"끼아아앗! 이 자식들아! 순순히 목을 늘어뜨리고 대갈통을 내밀어라ㅡ!"

목과 이마에 핏대를 세우고 눈이 튀어나올 정도로 악을 쓰는 여자는 다름 아닌 고선이었다.

햇빛에 반사되어 눈부시게 흰 백사장을 낮게 깔린 검은 구름처럼 한 덩이가 되어 달려오는 열세 명의 흑의경장인들은 바로 경혼조원들이다.

이들은 강무교로부터 진검룡이 보도하 중류 쪽으로 아미승들을 구하러 갔다는 말을 듣고 그 즉시 말을 몰아 질풍처럼 달려온 것이다.

가장 선두에서 달려오고 있는 낭랑은 흰 이를 드러내고 두 눈에서 흉흉한 안광을 뿜어내면서 고래고래 소리를 질렀다.

"개노무 새끼들아! 니들 모두 죽었다ㅡ!"

경혼조원들은 상대가 무림의 고수들마저도 몸을 사리는 마도고수라는 사실을 강무교에게 들어서 알고 있다.

그러나 경혼조원들은 워낙 겁이 없고 무서움을 모르는 데다 오히려 강한 적들하고 싸워보고 싶어서 궁둥이를 들썩거리는 천둥벌거숭이들이다.

그러므로 이들은 평소라고 해도 마도고수들을 추호도 두려워하지 않았을 것이다.

그런데 하물며 진검룡과 부상쾌가 위험에 처해 있는 광경을 보고는 눈이 뒤집힌 상황에서 대저 무엇인들 두렵겠는가.

더구나 이즈음에 이르러서는 반쯤은 개망나니가 돼버린 무악과 미미마저도 핏발이 곤두선 눈으로 입에서 게거품을 토해내며 악다구니를 써댔다.

"이놈들아! 사부님의 머리카락이라도 한 올 건드리면 네놈들을 모조리 갈아 마셔 버리겠다아—!"

"나도—!"

지칠 대로 지쳐서 숨을 헐떡이며 겨우 도검을 휘두르던 부상쾌는 경혼조원들을 발견하는 순간 눈에서 생기가 넘쳐흘렀다.

"킬킬킬! 왔구나, 이놈들."

그녀의 모습은 진검룡에게 예쁘게 보이려고 애쓰던 그런 모습하고는 거리가 멀었다.

눈알이 번들거리고 흰 이를 드러내면서 히죽거리는 입가에는 소름 끼치는 잔인한 미소가 피어올랐다.

방금까지도 쓰러지기 직전이었던 그녀는 어디에서 힘이 솟았는지 싸우던 곳에서 재빨리 물러나 경혼조원들을 향해 달려갔다.

한송이 부상쾌를 보며 놀라서 급히 물었다.

"저들은 누군가요?"

신바람이 나서 달려가고 있는 부상쾌의 목소리가 백사장 하늘을 울렸다.

"하하하하! 무적의 경혼조를 들어봤소?"

유마고수들하고 삼 장 거리로 좁혀들자 훈용강이 경혼조
원들에게 주의를 주었다.

"부개진(釜蓋陣)이다! 모두 흩어지지 말고 각자의 위치를
철저하게 지켜라!"

'부개', 말하자면 솥뚜껑으로 머리를 덮어버리는 진이다.
진검룡은 발도산검파로 검진을 형성하는 것만 가르쳤으나,
경혼조원들이 수련을 하는 과정에서 검진을 변형시켜 몇 가
지를 만들어냈다. 부개진은 그중 하나다.

훈용강의 말에 따라서 경혼조원들은 달리면서 순식간에
대열을 가다듬어 하나의 진형을 만들었다.

앞이 뾰족하고 전체적으로 갸름한 계란형의 진이다. 맨 앞
에는 낭랑과 훈용강이, 좌우에는 주소영과 사도풍, 중혜, 장
관웅 순서다.

그때 부상쾌가 부개진의 꼬리에 따라붙으며 웃었다.

"하하핫! 이놈들, 별것 아냐! 모조리 때려죽이자!"

옆에서 달리고 있는 고선이 반갑게 웃으며 맞장구쳤다.

"우헤헤헷! 대갈통을 뽀개 버리자구!"

"돌격!"

유마고수들의 포위망이 가까워지자 훈용강이 벼락같이 외
쳤고, 다음 순간 경혼조의 부개진은 포위망과 부딪쳤다.

'저놈들…….'

경혼조원들의 와자하게 떠드는 소리를 듣고 진검룡은 울컥 가슴이 먹먹해졌다.

그는 설마 경혼조원들이 여기까지 올 줄은 전혀 예상하지 못했었다.

그랬기 때문에 천하의 청룡검신 진검룡의 마음이 흔들리고 있는 것이다.

그는 천성전음을 발휘하여 경혼조원들에게 물러가라고, 싸우면 안 된다고 말리지 않았다. 아니, 못했다.

경혼조원들이 비록 불을 보고 달려드는 불나비라고 할지라도, 또한 유마고수들을 상대하기에는 형편없는 실력이더라도 진검룡은 그들의 의기(義氣)를 꺾을 수가 없었다.

그들의 기백(氣魄)은 진정 존중받아 마땅할 정도로 숭고하기 때문이다.

소나무에게서 푸름을 없애면 더 이상 소나무가 아니듯이, 경혼조원들에게서 기백을 빼앗으면 더 이상 경혼조원이 아닌 것이다.

이 순간, 진검룡은 자신이 저들의 조장인 것이 자랑스럽다는 생각을 처음으로 했다.

그는 예전에 청룡검대주로서 청룡검수들을 자랑스럽다고 여겨본 적이 없었다.

팍!

그때 진검룡의 왼쪽 허벅지 뒤쪽이 뜨끔했다. 확인해 보지 않아도 검에 찔렸다는 것을 알 수 있다. 그것도 꽤 깊이 찔린 듯했다.

경혼조원들 때문에 잠시 작은 감동에 빠졌던 대가를 따끔하게 치른 셈이다.

쉬이익!

그는 빙글 몸을 회전시키면서 뒤쪽으로 의천검을 휘둘러 방금 자신의 허벅지를 찌른 자의 목을 잘라 버렸다.

이 싸움이 시작된 이후 다섯 군데 상처를 입었으나 이번 것은 좀 깊다.

왼쪽 허벅지 뒤에서 뜨거운 물이 흘러내리는 듯한 느낌이 드는 것은 피가 많이 흐르고 있다는 뜻이다.

그는 부지런히 의천검을 휘두르고 왼손으로는 지풍을 쏘아내는 것과 동시에 공력을 일으켜 왼쪽 허벅지 뒤의 상처를 지혈했다.

허벅지 상처가 조금 심하기는 해도 싸우는 데 지장이 있을 정도는 아니다.

그보다는 포위망이 점점 견고해지는 반면에, 그의 공력이 조금씩이기는 하지만 차츰 줄어들고 있다는 것이 문제다.

지금은 사 할 오 푼 정도의 공력이 남아 있으나, 시간이 흐르면 더 적어질 것이다.

방금 왼쪽 허벅지 뒤를 찔린 것은 우연이 아니다. 공력이 소멸되면서 진검룡 자신도 모르는 사이에 동작이 미미하게나마 둔해지고 있다는 반증이다.

그런데 이제부터 공력이 더 소멸되면 상처를 입게 되는 횟수가 더 잦아질 테고 또 깊어질 것이다.

'패착(敗着)이었군.'

아까 절륜신검을 세 차례 전개했던 것이 실수였음을 이제야 깨달았다.

그때의 상황에서는 그렇게 하는 것이 최선이었으나, 지금에 와서 패착이라는 생각이 든다면 결국 그것은 최선이 아니었다는 뜻이다.

쐐쐐애애액! 촤촤아아아!

그러고 보니까 유마고수들의 포위망이 조금 전보다 더 좁아졌으며, 공격이 더욱 신랄하고 위력적이 된 것 같다.

하지만 그들이 강해진 것이 아니다. 진검룡이 약해지고 있는 것이다.

자신이 약해지고 있음을 스스로 인정하는 순간 적들은 두 배로 강해진다. 그것이 싸움의 법칙이고 원칙이다.

그러나 진검룡은 신이 아닌 인간이다. 감정과 이성을 제어할 순 있어도 완전히 통제하지는 못한다. 그는 자신이 약해졌음을, 그리고 지금도 약해지고 있음을 인정했다. 그리고 그만큼 적이 강해졌다.

휘이잉!

본신 공력의 사 할 오 푼이 실린 의천검이 허공을 갈랐다.

팍!

유마고수 한 명이 목이 반쯤 잘려서 피를 쏟아내며 한쪽으로 휘청거리면서 밀려났다.

혈화혼을 만들어내지 못하고 목조차 제대로 자르지 못한다는 것이 지금 진검룡의 현실이다.

사악!

그때 그는 자신의 오른쪽 옆구리에서 문틈 사이로 스며드는 미풍 같은 소리를 들었다.

옆구리를 베였다. 뜨뜻하면서도 서늘한 느낌이 뒤를 이었다. 아까 왼쪽 허벅지 뒤를 찔렸을 때보다 더 많은 피가 쏟아지고 있다는 뜻이다.

그리고 그의 의지와는 달리 몸이 약간 휘청거렸다. 그리고 보법이 굼떠졌다.

예전에 단신으로 수백의 적과 세 번 싸웠을 때, 그중 가장 어려웠고 또 깊은 상처를 입었던 두 번째 싸움이 지금과 비슷했다.

하지만 그때는 남은 적이 삼십여 명에 불과했고 공력이 육할 정도 남아 있었다. 그러므로 지금이 더 나쁜 상황이라는 것이다.

냉엄한 현실은 언제나 예고하지 않고 찾아든다. 예고하고 다가오는 것은 그냥 현실이지 냉엄한 현실이 아니다.

그리고 그 현실을 자각하기 시작했을 때에는 이미 현실의 냉엄함에 몸이 깊숙이 빠진 후다.

인간의 자각이라는 것은 신보다 늦다. 자신에 대해서 자만하기 때문이다.

그런데 그때 진검룡으로서 추호도 예상하지 못했던 일이 일어났다.

"조장! 거기 있는 거야?"

얇은 쇠를 문지르는 듯한 칼칼한 여자의 목소리가 앞쪽에서 불쑥 들려왔다.

진검룡 앞쪽에서는 두 명의 유마고수가 맹렬하게 공격을 해오고 있었다. 목소리는 그들의 뒤쪽에서 들렸다.

그 목소리는 진검룡 귀에 딱지가 앉도록 익숙한 사람의 것이었다.

팍! 팍!

순간 진검룡 앞에서 공격하던 두 명의 유마고수 목이 잘라지면서 허공으로 솟구쳤다.

그리고 쓰러지는 그들 사이로 목소리의 주인과 한 명의 사내가 불쑥 나타났다.

"어이! 조장! 다치지 않았어?"

그렇게 물으면서 히죽 웃는 여자는 낭랑이었다.

그리고 그 옆의 사내는 훈용강이다. 두 사람은 발도산검파

검진 부개진의 선두다.

그들을 따라서 경혼조원 열두 명이 우르르 진검룡 앞에 거 짓말처럼 모습을 드러내며 평소와 다름없이 와자지껄 떠들며 인사를 건넸다.

"조장! 괜찮으십니까?"

"사부님!"

"효효홋! 조장님! 대갈통 뽀갤 놈들 무지하게 많군요!"

다행히도 경혼조원 중에서 죽은 사람은 한 명도 없었다. 하 지만 성한 사람 역시 한 명도 없었다.

열네 명 모두 푸줏간에 매달린 고깃덩이처럼 온몸이 온통 칼 자국투성이였다.

또한 적의 피와 자신이 흘린 피를 온몸에 뒤집어쓴 악귀 같 은 모습이었다.

진검룡은 자신을 빙 둘러 에워싸며 바깥쪽을 향해서 미친 듯이 도검을 휘두르고 있는 경혼조원들을 보면서 조금 전보 다 더 강하게 가슴이 울렁거리는 것을 느꼈다.

"너희들⋯⋯."

삼십여 명의 유마고수 중에 이십여 명을 죽이고 이제 십여 명과 싸우고 있는 한송 등은 포위망 안쪽에서 들려오는 와자 지껄한 고함 소리에 잠시 어리둥절했다.

곤명지부의 일 개 조 열네 명이 유마고수들의 포위망을 뚫고 진검룡에게 도달했다는 사실이 믿어지지 않았다.

"삼사매, 저들이 정말 곤명지부 무사들 맞는 거야?"

이제자 혜원이 검을 휘둘러 적을 물러나게 하면서 소리치듯 물었다.

"저도 모르겠어요!"

그 점에 대해서 모르기는 한송도 마찬가지다.

이들 세 여자가 유마고수 이십여 명을 죽인 대가는 고스란히 온몸에 새겨져 있었다.

그녀들이 원래 입고 있던 옷이 황색과 녹색이었다는 사실조차 알 수 없을 정도로 온몸이 피투성이였다. 그녀들 역시 자신의 피와 적의 피로 범벅된 상태였다.

"아! 저기!"

그때 대제자 혜승이 강둑 쪽을 가리키면서 얼굴에 기쁜 표정을 가득 떠올렸다.

혜승이 가리키고 있는 방향에서는 자허 신니를 비롯한 두 명의 장로와 일곱 명의 일대제자들이 이쪽을 향해서 나는 듯이 쏘아오고 있었다. 숲 속에서 운공조식을 끝내고 이제야 달려오고 있는 것이다.

팍!

"흐악!"

조제가 처절한 비명을 지르면서 비틀거렸다.

그의 왼팔이 허공으로 둥실 떠올랐는데, 잘라진 팔의 손에는 피가 흠뻑 묻은 도가 쥐어져 있었다. 그의 팔은 팔꿈치 바로 아래에서 단칼에 싹둑 잘라졌다.

"주록! 조제를 돌봐줘라!"

거의 이성을 잃고 미친 듯이 양손의 도검을 휘두르고 있는 훈용강이 악을 쓰듯이 외쳤을 때에는 이미 주록이 조제를 바닥에 앉히고 있는 중이었다.

지금 경혼조원들은 실로 말도 되지 않은 일을 하고 있는 중이다.

진검룡이 모래 바닥에 주저앉아서 운공조식을 하고 있는 동안 그를 둥글게 에워싼 채 검진을 발동하여 호위를 하고 있는 것이다.

진검룡은 사 할 정도밖에 남지 않은 공력으로 계속 싸우는 것이 무리라고 판단했다.

그 상태에서 경혼조원들과 합세해서 싸우는 방법이 있긴 하지만, 적은 아직도 이백칠십여 명이나 남아 있는 상황이다.

진검룡은 점차 약해지고 있으며, 공력이 거의 없는 경혼조원들은 더 빨리 무너질 것이다.

이런 상황에서는 그가 운공조식을 하여 단 이삼 할의 공력이라도 회복하는 것이 최선이라고 판단했다. 물론 그가 운공조식을 하는 동안 경혼조원들이 호법을 제대로 서줘야 한다는 전제조건이 있기는 하지만.

그런데 경혼조원들은 뜻밖에도 잘 버텨주고 있었다. 조제의 왼팔이 잘린 것은 예정된, 아니, 각오한 일이었다. 그리고 시작이다.

이제부터는 그보다 더한 부상자가 나올 것이고, 죽는 사람도 속출할 것이다.

진검룡이 운공조식을 끝내기 전에 경혼조원들이 버티지 못하고 모두 죽는다면 자연히 진검룡도 죽을 것이다.

그때까지 몇 명이라도 살아남아 준다면 운공조식을 해야 한다고 결정한 진검룡이 조금쯤은 옳았다고 할 수 있다.

운공조식을 하지 않고서 다 함께 싸우다가 다 함께 죽는 것보다는 그나마 나은 결정이라고 진검룡은 생각했다.

경혼조원들은 영특하게도 아주 실리적인 방법으로 진검룡을 호위하고 있는 중이다.

열네 명이 서로 등진 자세로 원을 형성하고 있는데, 그 원의 지름이 채 세 걸음도 되지 않았다.

또한 두 겹의 원을 이루고 있으며, 안쪽의 원은 네 명으로 전적으로 진검룡만을 호위하고 바깥쪽 원은 열 명이며 사방에서 쏟아지는 적의 공격을 방어한다.

안쪽의 네 명은 한 걸음만 뒤로 물러나도 뒷사람과 엉덩이가 닿을 정도로 원이 좁다.

다시 말하면 그들 네 명, 아니, 그녀들 네 명의 엉덩이 아래에 진검룡이 앉아서 운공조식을 하고 있는 중이다.

그녀들은 다름 아닌 부상쾌와 낭랑, 주소영, 고선이다. 그녀들은 주로 머리 위에서 내리꽂히며 공격하는 유마고수들을 방어하고 있다.

"쉬어라."

주록이 조제의 잘라진 왼팔을 붙잡고 씨름을 하면서 지혈시켜 주고는 바닥에 눕히려고 하자 조제는 완강하게 뿌리치며 일어서려고 했다.

"안 돼! 싸워야 한다!"

조제는 비록 자신의 왼팔이 잘렸지만 지금처럼 불리한 상황에서 자신이 빠지면 경혼조 전체 전력에 차질이 생길 것이라고 판단했다.

파파팍!

"네까짓 놈 하나 없어도 된다."

그때 부상쾌가 재빨리 허리를 굽혀 조제의 마혈을 제압하고는 그의 뒷덜미를 잡고 질질 끌어다가 진검룡 옆에 내팽개쳤다.

파아—

"흑!"

그러고 나서 허리를 펴던 부상쾌는 멈칫했다. 위에서 내리꽂히며 공격하던 유마고수의 도 한 자루가 그녀의 왼쪽 어깨를 길게 가른 것이다.

어깨에서 젖가슴 위까지 한 뼘 정도 갈라진 상처에서 피가 콸콸 쏟아졌다.

쿡!

"으으… 주록!"

그녀는 한쪽 무릎을 꿇으며 허물어지면서 뇌까렸다.

조제를 지혈하고 제자리로 돌아가려던 주록이 뒤돌아보더니 안색이 크게 변해서 급히 부상쾌에게 다가왔다.

진검룡에게 직접 의술을 사사한 주록의 실력은 웬만한 의원보다 나은 수준에 이른 상태다.

그는 익숙한 손길로 부상쾌의 왼쪽 어깨와 가슴 부위의 혈도를 눌러 지혈을 했다.

부상쾌가 일그러진 얼굴로 쏘아붙였다.

"제대로 해라! 젖 더듬지 말고!"

"미친년."

주록은 개의치 않고 부상쾌의 왼쪽 젖가슴을 마구 주물럭거리면서 지혈을 했다. 일부러 그러는 것이 아니라 지혈을 하자면 어쩔 수가 없다.

지혈을 끝낸 주록은 피투성이 손을 거두며 히죽 웃었다.

"성깔은 뭣 같은 계집이 젖퉁이 하나는 정말 실하군!"

"이 자식이?"

부상쾌가 눈을 부라리자 주록은 그녀의 상체를 잡고 뒤로 눕히려고 했다.

"너야말로 쉬어라."

"놔라."

"움직이면 지혈이 풀려서 피가 터져 나온다."

부상쾌는 주록을 뿌리치고 벌떡 일어섰다.

"상관없다."

일어선 그녀는 눈을 크게 떴다. 때마침 머리 위에서 세 명의 유마고수가 도검을 휘두르며 맹렬하게 공격해 오고 있었기 때문이다.

무방비 상태로 일어선 부상쾌는 일순 어떻게 해야 할지 모르고 망연히 서 있을 뿐이다.

쉬링!

그 순간 그녀 옆에서 번뜩이는 빛줄기가 허공으로 뿜어지며 기이한 음향이 흘렀다.

주소영이 섬전표 세 개를 힘껏 흩뿌린 것이다.

파파악!

"큭!"

"크액!"

세 개의 섬전표 중에서 두 개가 내리꽂히던 두 명의 유마고수 관자놀이와 겨드랑이에 꽂혔으며 하나는 빗나갔다.

주소영의 섬전표는 아직 완벽한 경지에 도달하지 못했지만 지금 같은 상황에서는 능히 한몫을 하고도 남았다. 그녀는 자신이 섬전표를 갖고 있다는 사실을 잊고 있다가 방금 생각해 낸 것이다.

그때 유마고수들이 형성하고 있는 전체 포위망이 가볍게 흔들렸다. 바깥에서 자허 신니 일행이 맹렬하게 치고 들어오기 때문이다.

"아!"

그런데 갑자기 고선이 나직한 탄성을 터뜨렸다.

공격해 오고 있는 유마고수 한 명의 도가 곧장 그녀의 얼굴을 향해 그어오고 있는데, 그녀는 또 다른 유마고수의 공격을 막아내고 있는 중이라서 미처 피하거나 방비할 겨를이 없는 상황이다.

그때는 고선 좌우에 있는 낭랑과 부상쾌도 다른 적들을 상대하고 있는 중이고, 주소영은 섬전표를 다시 꺼내려고 품속에 손을 집어넣은 상태라서 고선을 도울 방법이 없다.

고선은 피 묻은 칼날이 자신의 얼굴을 향해 곧장 짓쳐오는 것을 뻔히 바라보면서 그 자리에 굳어버렸다.

휘잉!

퍽!

그 순간 얼어붙은 고선의 귓전을 울리며 강맹한 한줄기 경력이 허공으로 솟구치더니 그녀를 공격해 오던 유마고수의 머리통을 잘 익은 수박 으깨듯 박살 내버렸다.

"선아, 괜찮으냐?"

그때 고선의 귓가에서 나직하며 자상한 목소리가 들렸다.

"아아……."

그 목소리를 듣는 순간 고선은 사지의 힘이 풀려 그대로 뒤로 쓰러지듯이 드러누웠다. 진검룡의 목소리라는 것을 단번에 알아차린 것이다.

뒤에 서 있는 진검룡은 왼팔을 뻗어 고선의 허리를 부드럽게 안았다.

"조장님……."

등을 진검룡의 품에 안긴 고선은 얼굴을 돌려 그를 보려고 하며 감격 어린 표정을 지었다.

그녀는 자신의 까칠한 입술이 진검룡의 뺨에 닿자 이것이 꿈이 아니라는 것을 깨달았다.

부상쾌와 주소영, 낭랑은 맹렬하게 도검을 휘두르는 와중에 진검룡을 쳐다보며 만면에 기쁜 표정을 가득 떠올렸다.

주소영이 모두에게 큰 소리로 알렸다.

"조장님이 일어나셨다!"

싸우느라 정신이 없던 경혼조원들은 그 소리를 듣고 용기백배하여 상처의 고통마저 잊은 채 더욱 힘을 내서 도검을 휘둘렀다.

진검룡이 일어나서 의천검을 휘두르며 머리 위의 적들을 한꺼번에 상대하자 안쪽 원의 네 여자는 한시름을 돌릴 수 있게 되었다.

"소영아, 섬전표를 모두 다오."

진검룡의 말에 주소영은 품속에 갖고 있던 섬전표 오십여 개를 모두 진검룡에게 주었다.

쉬쉬쉬리링!

진검룡은 의천검을 검실에 꽂고는 두 손으로 연달아 섬전표를 쉬지 않고 발출했다.

쉬리리릿! 쉬이이잉!

그가 빙글빙글 몸을 회전하면서 발출한 섬전표들은 허공과 사방으로 번갯불처럼 그리고 경혼조원 사이를 기가 막히게 빠져나갔다.

퍼퍼퍼퍼퍽!

팔성까지 회복한 공력이 실린 섬전표를 막거나 피할 수 있는 유마고수는 아무도 없다.

그들은 머리와 목, 심장에 섬전표를 관통당한 채 피를 뿜으며 뒤로 튕겨 날아갔다.

세 호흡 만에 진검룡은 오십여 개의 섬전표를 모조리 발출했고, 그것들은 오십여 명의 유마고수들을 여지없이 거꾸러뜨렸다.

경혼조원들은 자신들을 공격하던 주변의 유마고수들이 모조리 죽어버리자 동작을 멈추었다.

"헉헉헉!"

"하아… 하아……."

그들은 거친 숨을 몰아쉬면서 진검룡 주위로 모여들었다. 말은 하지 않았으나 진검룡을 바라보는 그들의 얼굴에는 염려와 안도의 표정이 교차하고 있었다.

한꺼번에 오십여 명의 동료들이 죽자 유마고수들은 주춤하며 잠시 공격을 멈추었다.

그사이에 진검룡은 경혼조원들을 한 명씩 일일이 쳐다보았다. 말없는 가운데 진검룡과 조원들은 눈빛을 주고받으며 더할 수 없는 생사의 신뢰를 나누었다.

그때 갑자기 유마고수들 사이에서 소요가 일었다. 그들은 당황하여 술렁이면서 싸울 생각을 하지 않고 한쪽 방향으로 주춤주춤 물러났다.

진검룡과 경혼조원들은 그 이유를 즉시 알아차렸다.

강둑에서 헤아릴 수 없을 정도로 많은 사람들이 햇빛에 도검을 번뜩이면서 이쪽을 향해 파도처럼 밀려오고 있었다.

그 수는 족히 천여 명에 달했다. 그리고 무리의 선두에 강무교와 고명, 적설, 그리고 곤명지부 십룡당 당주들 모습이 보였다.

강무교는 경혼조원들이 출발한 직후 곤명지부의 전 무사들을 이끌고 이곳까지 이십여 리 길을 잠시도 쉬지 않고 달려온 것이다.

유마부 제일전주는 일그러진 표정으로 곤명지부 무사들을 쏘아보았다. 그는 계속 싸울 것인지 물러날 것인지를 갈등하고 있었다.

유마부는 처음에 아미승들을 공격할 때는 오백칠십여 명

정도였으나 아미승들과의 싸움에서 칠십여 명을 잃었다.

이후 진검룡과 경혼조, 그리고 한송과 자허 신니를 비롯한 아미파 일대제자와의 싸움에서 무려 삼백여 명을 다시 잃고 이제는 겨우 이백이삼십여 명만 남아 있는 형편이다.

게다가 그 이백이삼십여 명조차도 극도로 지쳐 있으며 절반 이상이 크고 작은 부상을 입은 몸이다. 이대로 싸움을 강행한다면 득보다는 실이 많다.

결국 제일전주는 참담한 표정으로 어금니를 악물고 나서 우렁차게 외쳤다.

"퇴각하라!"

그 한마디에 이백여 명의 유마고수들은 동료의 시체 삼백여 구를 남겨둔 채 부상당한 동료들만 부축하고 빠르게 강 하류 쪽으로 몰려갔다.

유마고수들이 도주하자 경혼조원들은 기세등등해서 도검을 휘두르며 추격하면서 악다구니를 썼다.

"이놈 자식들아! 어딜 도망가느냐!"

"이런 후레자식들아! 무적의 경혼조를 건드렸으면 목을 내놓아야 한다!"

"끼야야얍! 대갈통은 떼놓고 가라―!"

진검룡은 길길이 날뛰는 경혼조원들을 타일렀다.

"됐다. 그만 돌아와라."

경혼조원들은 핏발이 곤두선 눈에서 살기를 뿜으며 씨근

거리면서 진검룡 주위로 돌아왔다.

이어서 자허 신니와 장로들, 한송과 혜승, 혜원 등이 진검룡에게 다가왔다.

"아미타불… 진 시주."

자허 신니는 한 손을 세워 불호를 외우면서 진검룡을 바라보는데 노안에 눈물이 그렁그렁 고였다.

그녀뿐만 아니라 두 명의 장로 이하 모두들 벅찬 감격과 고마움으로 눈물을 글썽이며 진검룡을 바라보았다. 멸문 일보 직전에 몰려 있던 아미파를 진검룡이 구해주었으니 당연한 일이다.

"장문인."

진검룡이 나직이 입을 열자 그의 주위에 모여 있던 경혼조 원들 얼굴에 놀라움이 가득 떠올랐다.

무림에는 '무림명휘백인(武林明輝百人)'이라는 유명한 말이 있다.

말인즉, '무림에서 가장 유명한 백 명'이라는 뜻이다. 거기에 등급은 매겨져 있지 않지만, 그들 백 명이 무림을 이끌고 있다는 뜻이다.

무림명휘백인에는 정파와 마도, 사파의 쟁쟁한 인물들이 망라되어 있는데 정파 사람이 가장 많다.

그중에서 천의맹 인물들이 제일 많고 그다음이 구대문파 장문인과 장로 등이다. 청룡검신을 비롯한 천의맹 천의사신

이름이 올라 있는 것은 당연한 일이다.

아미파 장문인 자허 신니도 무림명휘백인에 별호가 올라 있을 정도로 쟁쟁한 인물인 것이다.

무림에 몸을 담고 있는 사람 중에서 무림명휘백인에 올라 있는 백 명의 이름과 신상명세에 대해서 외우지 못하는 사람은 대화에 끼지도 못할 정도다.

그러므로 경혼조원들이 아미파 장문인의 신분을 알게 되고는 놀라는 것이 당연하다. 그들 평생에 언제 무림명휘백인을 직접 만나는 날이 있겠는가.

자허 신니는 진검룡에게 한 걸음 더 가까이 다가서며 반가움과 고마움을 금치 못했다.

"정말 오랜만이군요. 진 시주가 아니었으면 오늘 아미파는 이곳에서 멸문지화를 당하고 말았을 거예요."

경혼조원들은 눈을 초롱초롱 빛내면서 진검룡과 자허 신니를 번갈아 쳐다보았다.

진검룡의 진짜 신분을 알아낼 수 있는 절호의 기회이기 때문에 그들은 숨소리마저 죽였다.

그때 자허 신니 좌우에 늘어선 두 명의 장로와 제자들, 그리고 일대제자 모두가 합장을 하면서 진검룡에게 공손히 허리를 굽혔다.

"진검룡 시주를 뵈옵니다."

무림에서 가장 명망 높고 자존심 강하기로 소문난 명문대

파 중 하나인 아미파의 내로라하는 명숙들이 진검룡을 향해
최대의 경의를 표하면서 인사하는 광경은 경혼조원들의 가슴
을 두방망이질 치게 만들었다.

그러나 진검룡은 몸을 돌려 바닥에 눕혀져 있는 조제에게
다가갔다.

"미안하오. 다친 사람이 있어서……."

그는 조제 옆에 쭈그리고 앉아 그의 마혈을 풀어주며 온화
하게 물었다.

"어떠냐?"

조제는 똑바로 누운 채 여태까지 벌어진 일들을 다 보고 있
었으므로 진검룡이 아미파 사람들의 인사를 제대로 받지도
않고 자신에게 달려온 것을 보고 크게 감동하여 어쩔 줄을 몰
라 했다.

"조장님……."

"모두들 조제의 팔을 찾아봐라."

경혼조원들은 무엇 때문에 조제의 잘라진 팔을 찾으라는
것인지 모르지만 모두 흩어져서 주변의 시체더미들을 샅샅이
살피다가 잠시 후에 조제의 왼팔을 갖고 모여들었다.

그때 강무교를 비롯한 천여 명의 곤명지부 무사들이 한꺼
번에 몰려들었다.

第六十四章

조장의 치욕

大中原

천의맹 곤명지부는 온통 축제 분위기에 빠졌다.

그도 그럴 것이, 진검룡의 경혼조가 주축이 되어 마도 십대 마방의 하나인 유마부와의 싸움에서 대승을 거두었기 때문이다.

하지만 정작 대승의 주인공들인 경혼조원들은 승리의 기쁨을 누릴 형편이 아니었다.

왜냐하면 단은한을 제외한 조장 진검룡을 비롯하여 조원 모두가 온몸에 크고 작은 부상을 수없이 입었기 때문에 치료를 하느라 다들 곤명지부 내 의방에 누워 있는 중이다.

싸울 때는 다들 반쯤 미친 상태였기 때문에 자신들이 다쳤다는 사실조차 몰랐다.

그러나 막상 유마고수들이 물러가고 싸움이 끝나면서 긴장이 풀리자 경혼조원들은 하나둘씩 풀썩풀썩 쓰러져서 결국 모두들 곤명지부까지 수레에 실려서 귀환해야만 했다.

닷새가 지난 현재 부상이 가장 가벼웠던 진검룡과 낭랑, 훈용강, 동풍 등만이 답답한 의방을 벗어나서 식당으로 밥을 먹으러 가거나 산책을 하는 정도고, 나머지는 여전히 자리보전하고 누워 있는 신세다.

"좀 어떠냐?"

진검룡은 조제가 누워 있는 침상 옆 의자에 앉으며 조용히 물었다.

"조장님… 윽……!"

조제는 상체를 일으키려고 두 손으로 침상을 짚다가 왼팔이 꺾이면서 왼쪽으로 쓰러졌다.

"아직 무리다. 그냥 누워 있어라."

진검룡은 조제를 붙잡아서 똑바로 눕혀주고 나서 그의 왼팔을 붙잡아 들어 올려 살펴보았다.

그의 왼팔은 멀쩡했다. 보도하 강가 백사장에서의 싸움에서 그는 분명히 왼팔이 팔꿈치 바로 아래 부위에서 잘라져 나갔었다.

그런데 지금은 그런 일이 없었던 것처럼 붙어 있다. 하지만 자세히 보면 조제의 왼팔 팔꿈치 아래 부위가 어딘가 좀 이상했다.

그곳에는 가느다란 선이 가로로 그어져 있는데, 사실 그곳은 잘라졌던 부위다.

진검룡은 조제가 평생 불구로 살아가야 한다는 사실 때문에 마음이 아팠다.

또한 그가 진검룡 자신을 구하려다가 팔을 잃었기 때문에 죄책감마저도 느꼈다.

그래서 어떻게 해서든 그가 다시 팔을 되찾을 수 있도록 해주고 싶었다.

진검룡은 아무리 큰 상처라고 하더라도 심하게 찔리거나 갈라진 상처조차도 약을 발라주고 안정을 취하면 아문다는 사실에 주목했다.

즉, 찔렸든 갈라졌든 모든 상처는 아물어서 봉합되고 붙는다는 사실이다.

그렇다면 이론상으로는 신체의 잘라진 부위도 붙을 수 있다는 얘기가 된다.

진검룡은 의술에 통달했으나 여태까지 잘라진 신체 부위를 다시 붙여본 적은 없었고, 또 누군가 그것을 성공시켰다는 말도 들어본 적이 없다.

그러나 보도하 강가 백사장에서의 그는 너무도 절박했다. 반드시 조제의 잘라진 팔을 다시 붙여주고 싶었다.

그래서 곤명지부로 돌아온 즉시 조제의 팔 접합 시술에 착수했다.

우선 양쪽 상처 부위를 깨끗이 씻고 의방에서 소독액으로 널리 쓰이는 과루근(瓜蔞根)과 백강홍(白降汞)을 삶아낸 액체로 상처 부위를 소독했다.

이어서 절단면을 정확하게 맞추고는 그 부위를 조심스럽게 두 손으로 감싸고 공력을 일으켜 끊어진 뼈와 살, 근육 등을 붙이고, 또 말려들어 간 핏줄과 건(腱:힘줄) 등을 양쪽에서 끌어와 오랜 시간 동안 정성을 들여서 잇는 데 성공했다.

그렇게 하는 데 무려 세 시진이나 걸렸다. 하지만 그렇게 하는 것이 끝이다.

그가 할 수 있는 일은 거기까지가 전부였다. 나머지는 결과를 기다리는 것뿐이었다.

그는 과거에 수많은 상처를 치료할 때 진기를 일으켜서 아무리 큰 상처라고 해도 접합시켰고, 빨리 아물게 했다.

그 방법으로 조제의 잘라진 팔의 절단면도 접합시켰다. 하지만 힘을 주어 잡아당기면 다시 떨어져 나갈 것이다.

그래서 얇고 단단하며 질긴 천을 여러 겹 절단 부위에 팽팽하게 감고 단단하게 꿰매놓았다. 그렇게 닷새가 지났으며, 아직 천을 풀지 않았다.

진검룡은 조제의 왼팔 팔꿈치 위쪽과 아래쪽을 번갈아 쳐다보면서 비교해 보았다. 살색과 윤기, 탄력성 따위다.

겉으로 보기에는 팔꿈치 위쪽과 아래쪽이 별로 다르지 않았다. 똑같은 색이다. 단지 조금 푸석푸석할 뿐이다.

다만 위안이 될 만한 것은, 팔꿈치 아래쪽 팔에서 털이 자라고 있다는 사실이다.

그것은 잘라진 팔 아래 부위가 정상으로 회복될 수 있다는 가능성을 보여주고 있다.

진검룡은 조제의 팔 아래 부위를 약간 세게 꼬집으며 그의 얼굴을 쳐다보았다.

하지만 조제는 여전히 고맙고도 황송한 표정으로 그를 바라보고 있을 뿐이다. 꼬집어도 아픔을 느끼지 못하는 것이다.

진검룡은 그의 팔을 놓고 일어나 방을 나갔다.

"쉬어라."

조제는 또 상체를 일으키려고 버둥거리다가 왼쪽으로 풀썩 엎어졌다.

그는 한동안 힘들여서 똑바로 누운 후에 진검룡이 나간 입구 쪽을 바라보았다. 그의 얼굴에는 한없는 존경이 가득 떠올라 있었다.

"당신을 만나기 전의 나는… 교활하고 더러운 승냥이 같은 놈이었습니다."

그의 뺨이 씰룩였다.

"아무도 나를 좋아하지 않았습니다. 그런 놈을 좋아할 사람은 없지요. 그렇지만 여기에 와서… 당신의 수하가 된 후에 나는 변했습니다. 강해지고… 친구들도 생겼습니다. 처음에는 그들을 이용할 생각이었지만… 지금은 그들을 위해서라면 죽을 수도 있습니다."

그의 눈에 눈물이 가득 고였다.

"조장, 당신이 나를 변화시켰습니다. 당신은 나 같은 놈을 차별하지 않고… 처음에 당신을 한 번 배신했던 나를… 다른 조원들하고 똑같이 대접해 주었습니다."

꾀죄죄하고 얍삽하게 생긴 뺨 위로 굵은 눈물이 흘렀다.

"팔이 잘라지기를 잘했다고 생각합니다. 당신을 더욱 존경하게 되었으니까요. 당신을 위해서라면… 웃으면서 죽을 수 있습니다, 조장."

그는 눈물을 흘리면서도 웃고 있었다.

진검룡이 두 번째로 들른 곳은 부상쾌가 치료를 받고 있는 의방이다.

요즘 그는 치료를 받고 있는 경혼조원들을 일일이 찾아다니면서 살펴보는 것이 하루 일과다.

원래 그는 경혼조원들을 남 같지 않게 생각했으나 닷새 전 보도하 강변의 싸움 이후 달라졌다. 그들 모두를 가족, 아니, 친형제처럼 여기게 된 것이다.

이유는 두말할 것도 없이 그날 경혼조원 모두가 보여준 생사를 초월한 희생정신 때문이다.

그날 이후 진검룡과 경혼조원들은 더욱 강하고 친밀하게 결속했다.

특히 부상쾌하고는 더욱 가까워졌다. 그 역시 그녀가 보여 준 진검룡에게 향한 처절하리만치 눈물겨운 희생 때문이다.

진검룡이 방으로 들어갔을 때 부상쾌는 여의원에게 치료를 받는 중이었다.

그녀는 온몸에 열세 군데의 상처를 입었는데, 그중에서도 가장 크고 치명적인 상처는 왼쪽 어깨에서 젖가슴으로 이어지는 한 뼘 길이의 도상이었다.

어깨뼈와 갈비뼈가 쪼개지고 왼쪽 젖가슴이 뭉텅 갈라진 큰 상처다.

조금만 움직여도 상체가 부서지는 듯이 고통스러워서 그날 이후 침상에서 꼼짝도 못하고 있는 처지다.

웬만한 남자들보다 굴강한 그녀지만 이번만큼은 어쩔 수 없이 밥도 침상에서 먹고 다른 사람에게 대소변을 받아내게 하는 처지가 되고 말았다.

부상쾌는 상체를 완전히 드러낸 채 고통스럽게 일그러진 얼굴로 상처를 치료하고 있는 중이었다.

그러다가 들어서는 진검룡을 발견하고 부끄러워하기는커녕 환하게 미소 지었다.

"주군!"

"좀 어떠냐, 상쾌?"

"치료가 엉망이에요. 아파 죽겠어요. 어서 주군께서 치료해 주세요."

여의원이 치료를 하고 있는데도 대놓고 면박이다.

그러나 새빨간 거짓말이다. 그녀는 웬만한 고통쯤은 눈도 깜짝하지 않는다.

진검룡이 그녀를 보러 올 때마다 치료를 해주었기 때문에 지금도 그것을 원하고 있는 것이다.

여의원은 일어나서 공손히 진검룡에게 예를 취하고 나서 밖으로 나갔다.

"어디 보자."

진검룡이 침상 옆에 있는 의자에 앉으며 시선을 부상쾌의 상체로 향하자 그녀는 발그레 얼굴을 붉혔다.

여의원이 있을 때에는 아무렇지도 않았는데 단둘이 남게 되자 부끄러움을 느끼는 것이다.

진검룡은 상처를 살펴보았다. 방금 여의원이 미끌미끌한 붉은색의 약을 발랐는데, 상처는 아물고 있었으며 어깨에서부터 젖가슴 유두 옆을 지나는 곳까지 굵은 선이 붉게 도드라져 있었다.

슥—

진검룡은 어깨의 상처로 손을 뻗으며 고개를 끄덕였다.

"좋아졌구나. 그러나 흉이 남겠다."

진검룡이 매일 두 차례씩 진기로 상처 부위를 없애려고 노력하지 않았다면 그녀의 상처는 지금보다 훨씬 더 보기 싫은 모습이 됐을 것이다.

"보기 싫어요?"

부상쾌가 살짝 그를 바라보며 물었다.

"아니다."

"그럼 됐어요. 검랑만 괜찮으면 저도 괜찮아요."

단둘만 남게 되자 그녀는 진검룡을 다시 '검랑'이라고 불렀다. 여무사 부상쾌가 요부로 변한 것이다.

"저는 검랑 것이니까요."

그녀가 무슨 뜻으로 그렇게 말하는지는 모르지만 진검룡은 아무 말도 하지 않았다.

그는 손에 진기를 일으켜서 부상쾌의 어깨의 상처를 덮고 치료를 시작했다.

"아, 기분이 좋아요."

부상쾌는 사르르 눈을 감으며 입가에 행복한 표정을 지었다. 과장이 아니라 진검룡이 부드러운 진기를 주입시키면서 치료를 하면 뭐라고 형언하기 어려울 정도로 몽환적인 기분에 빠져든다.

진검룡의 손이 조금씩 아래로 내려오더니 이윽고 젖가슴에 이르렀다.

바야흐로 부상쾌가 가장 고대하는 시간이다. 여자의 몸에는 여러 곳에 성감대가 있지만, 그중에서도 첫째는 옥문이고

둘째가 유두를 포함한 젖가슴이다. 이 부위들은 단지 만지는 것만으로도 크게 흥분을 하기 때문이다.

그런데 진검룡은 그저 만지는 것이 아니라 부드러운 진기를 주입시킨다.

어깨나 다른 부위에 그렇게 해도 기분이 몽환적이 돼버리는데 젖가슴과 유두에 그렇게 하면 오죽하겠는가.

진검룡은 단지 치료를 하는 것이지만 부상쾌는 극도의 쾌감과 흥분을 느껴 버린다.

"아아……."

진검룡의 커다란 손이 부상쾌의 풍만한 젖가슴을 덮고 진기를 주입하자 그녀는 참지 못하고 몸을 가늘게 떨면서 신음을 흘렸다.

순결한 몸인 부상쾌는 남자와 정사를 나눠본 적이 없다. 그래서 여자들이 말하는 정사를 할 때의 절정감에 대해서 알지 못한다.

하지만 지금 그녀의 온몸을 녹여 버릴 듯한 이 쾌감이 그것보다 훨씬 더 대단할 것이라고 생각한다.

"아아아……."

그녀는 온몸을 마구 떨면서 비틀며 신음을 토해냈다.

'더 이상 견딜 수 없어.'

그녀는 두 팔을 허우적거렸다. 진검룡을 찾는 것이다. 아니, 그를 붙잡아 품에 안기려는 것이다.

그러나 그녀의 두 팔은 빈 허공만 허우적거릴 뿐이다. 눈을 뜬 그녀는 진검룡이 없다는 사실을 깨달았다.

"이런……."

또 혼절했다. 고통 때문이 아니라 온몸이 녹아버리는 극도의 쾌감을 이기지 못하고 혼절해 버린 것이다.

지난 닷새 동안 늘 이런 식이었다. 쾌감이 절정에 이르면 그녀는 잠깐 동안 혼절하고, 깨어나면 치료를 끝낸 진검룡은 사라지고 없었다.

그녀는 자신이 왜 혼절했는지에 대해서 추호도 의심하지 않는다. 정말 정신을 잃어버릴 정도로 굉장한 쾌감이었기 때문이다.

하지만 사실은 진검룡이 그녀의 혼혈을 누른 것이다. 그리고 치료가 끝나면 혼혈을 풀어주고 얼른 나가 버린다.

진검룡이 항상 마지막으로 들르는 곳은 무악이 누워 있는 의방이다.

무악은 옥청이 돌보고 있기 때문에 안심하고 맨 마지막에 들르는 것이다.

"어서 오세요."

진검룡이 들어서자 침상 옆 의자에 앉아 있던 옥청이 얼른 일어나며 조그만 목소리로 속삭였다. 무악이 깊은 잠에 빠져 있기 때문이다.

무악은 여섯 군데 상처를 입었으며, 그중 옆구리와 오른쪽 가슴 두 군데 상처가 깊다.

옆구리는 깊게 베어 내장을 다쳤고 가슴은 검에 찔렸는데 폐에 손상을 입었다.

그런 몸으로 일체 다친 내색을 하지 않고 계속 혼신의 힘을 다해서 싸웠던 것이다.

만약 유마고수들이 제때 물러가지 않았으면 아무리 진검룡이라고 해도 무악을 살리기는 어려웠을 것이다.

옥청은 자는 시간을 제외하곤 하루 종일 무악을 곁에서 돌보고 있다.

무악이 누워 있는 침상 옆에는 언제나 두 개의 의자가 나란히 놓여 있다. 진검룡이 올 때를 대비해서 옥청이 준비했다.

"식사는요?"

옥청은 진검룡이 의자에 앉는 것을 보고 자신도 그 옆에 다소곳이 앉으며 조용한 목소리로 물었다.

진검룡이 담담히 미소만 짓자 옥청은 그가 인시(寅時:오후 4시)가 넘은 아직까지도 점심 식사를 하지 않은 것을 알고 염려스러운 표정을 지었다.

"식사를 거르지 마세요."

진검룡은 가볍게 고개만 끄덕이고는 손을 뻗어 무악의 혼혈을 짚고 상처를 살펴보았다.

잠시 후에 그가 다시 무악의 혼혈을 풀어주고 일어서자 옥청도 말없이 따라 일어섰다.

"다 돌아보셨나요?"

진검룡이 고개를 끄덕이자 그녀는 앞서 문 쪽으로 갔다.

"오세요. 제가 식사를 차려 드리겠어요."

옥청은 진검룡을 마치 지아비인 양 받들었다. 지난번 한밤 중에 그녀가 자신의 방에서 혼자 심한 풍훈(몸살감기)을 앓고 있었을 때 진검룡이 찾아와서 치료해 준 이후부터다.

그 당시에 옥청은 너무 아파서 비몽사몽간에 진검룡과 입을 맞추면서 정사를 원했으나 그가 완곡하게 거부했었다.

그때 그는 옥청에게 자신의 진심을 처음으로 토로했었다.

"청매, 그대는 내가 욕정을 느끼는 유일한 여자요. 앞으로 그대를 사랑하게 되어 내 여자로 만들고 싶소. 그러나 지금은 아니오."

그 당시의 옥청은 진검룡의 말에 몹시 서운함을 느꼈으나, 다음날 풍훈이 어느 정도 낫고 나서 지난밤에 있었던 일들이 새록새록 떠오르자 부끄러움 때문에 죽을 뻔했다.

자신이 감히 어떻게 그런 행동을 할 수 있었는지 아무리 생각해도 모를 일이다.

그렇지만 한편으로는 잘됐다는 생각도 들었다. 그렇지 않았으면 그녀는 죽을 때까지 자신의 진심을 진검룡에게 조금이라도 드러내지 못했을 것이다.

또한 그에게서 그런 천만금 같은 고백을 듣지도 못했을 것이다.

진검룡과 옥청이 의방 건물을 나서는데 입구에서 기다리고 있던 아미승 한 사람이 공손히 합장을 했다.

"아미타불… 진 시주께선 잠시 장문인을 뵙고 가십시오."

의방 건물은 이층인데 자허 신니와 장로들, 그리고 세 명의 제자와 일대제자들은 이층에서 치료를 받고 있다. 그 외의 다른 아미승들은 곤명지부 내 다른 전각에 머물면서 치료를 받고 있다.

진검룡 옆에 서 있는 옥청은 한 걸음 뒤로 물러났다. 그가 자허 신니를 만나고 오라는 뜻이다.

하지만 진검룡은 경혼각 쪽으로 걸어가면서 아미승에게 말했다.

"나중에 찾아뵙겠다고 전하시오."

옥청은 깜짝 놀라 총총히 진검룡을 따라갔다. 그녀는 한동안 말없이 그의 옆에서 걷다가 조심스럽게 물었다.

"신니께서 만나자고 하시는데 그렇게 거절해도 돼요?"

진검룡은 앞을 보고 걸어가며 나직이 중얼거렸다.

"지금은 그대가 차려주는 밥을 먹는 것이 더 중요하오."

"어머?"

옥청은 화들짝 놀랐다. 무뚝뚝하기 짝이 없는 진검룡이 그런 말을 할 줄은 꿈에도 몰랐기 때문이다.

하지만 그녀는 너무도 행복한 나머지 그 자리에 서서 작게 몸서리를 치며 진검룡의 뒷모습을 바라보았다.

옥청이 정성껏 차려준 늦은 점심 식사를 맛있게 먹고 난 진검룡은 경혼각 이층 자신의 방으로 올라와서 한차례 운공조식을 끝냈다.

바로 그때 방문이 열리고 낭랑이 불쑥 들어섰다. 그녀는 눈을 가늘게 뜨고 헤실헤실 웃으면서 뭔가 꿍꿍이가 있는 듯한 표정을 지으며 진검룡에게 다가왔다.

"헤헤, 조장에게 볼일이 있어."

침상에 가부좌로 앉아 있던 진검룡은 그녀를 쳐다보지도 않고 풀어놓았던 의천검을 집었다.

그가 검실을 어깨에 묶으려는데 낭랑이 그의 옆에 앉으며 은근히 말했다.

"조장하고의 묵은 계산을 해결해야겠어."

타타탁!

순간 낭랑은 번개같이 두 손을 움직여서 진검룡의 마혈을 제압했다.

제아무리 천하의 진검룡이라고 해도 완전히 방심을 하고 있는 상황에서, 더구나 바짝 붙어 앉아서 혈도를 제압하는 데에는 꼼짝 못하고 당할 수밖에 없었다.

"무슨 짓이냐?"

몸이 뻣뻣해진 진검룡이 어이없는 표정으로 묻자 낭랑은 히죽 웃으면서 그의 아혈까지 제압해 버렸다.

"묵은 계산 해결한다고 했잖아. 조용히 입 다물고 있어."

경혼조원 모두가 하늘처럼 존경하고 또 받들고 있는 진검룡의 마혈과 아혈을 거침없이 제압하다니 과연 낭랑답다.

낭랑은 진검룡을 보면서 두 손바닥을 비비며 회심의 미소를 지었다.

"헤헤, 자, 이제부터 묵은 빚을 받아볼까나?"

슥—

이어서 낭랑은 진검룡을 침상에 벌렁 눕히더니 재빠른 솜씨로 그의 바지 괴춤의 옷고름을 풀고는 바지를 훌렁 벗겨 버렸다.

그런데 그게 끝이 아니다. 이번에는 속곳마저도 아무렇지도 않게 잡아채서 벗겼다.

진검룡은 졸지에 아랫도리가 벌거벗겨진 상태가 되었다. 그는 누군가에 의해서 아랫도리가 벗겨진 것은 난생처음 있는 일이다.

아니, 남 앞에서 제 스스로 아랫도리를 벌거벗은 일조차도 없다.

그런 점에서는 괴걸녀(怪傑女) 낭랑이라고 다르지 않다. 그녀도 사내의 아랫도리를 자신의 손으로 훌랑 벗겨보기는 처음이다.

그녀의 시선이 제일 먼저 간 곳은 당연히 진검룡의 음경 쪽이다.

그러나 그녀는 음경을 보는 순간 두 눈을 휘둥그렇게 뜨고 입이 딱 벌어졌다.

"우와! 뭐, 뭐가 이렇게 커? 사내들 음경이란 게 원래 이렇게 큰 거야?"

그녀는 무성한 음모 밖으로 돌출된 음경 옆에 자신의 팔을 나란히 갖다 대고는 기겁을 했다.

"말도 안 돼. 내 팔뚝보다 굵고 길잖아. 세상에!"

그녀는 눈을 부릅뜬 채 자신을 쏘아보고 있는 진검룡을 쳐다보며 훈계하듯 떠들어댔다.

"조장, 이거 함부로 사용하지 마. 이걸로 찌르면 어느 여자든 다 죽을 거야. 이건 흉기야, 흉기."

그러더니 이번에는 정색을 하고 엄포를 놓았다.

"행여나 이걸로 나 찌를 생각은 꿈에도 하지 마. 난 오래 살고 싶다구."

이어서 그녀는 음경을 아무렇지도 않게 잡더니 어물전의 생선 집어 들 듯이 들어 올리고는 음낭 아래쪽 허벅지 근처를 살폈다.

"여기 어디였는데? 어디더라?"

한 손으로 음경을 잡아서 들어 올리고는 얼굴을 사타구니에 처박은 채 다른 손으로 무성한 털을 휘적거리면서 무언가를 찾고 있는 그녀의 모습을 다른 사람이 본다면 필경 다른 짓을 하는 것으로 오해를 할 것이 분명하다.

"아! 여기다! 찾았어!"

음경을 정수리에 이듯이 갖다 붙이고는 사타구니를 헤집던 그녀가 탄성을 터뜨렸다.

그것은 진검룡의 왼쪽 허벅지 깊숙한 곳에 있는 상처인데 음낭과 항문 사이에 있었다.

그녀는 득의한 미소를 지으면서 사타구니에서 얼굴을 들어 올렸다.

"우헤헤! 그때 강변에서 조장이 엉덩이 바로 아래에서 피를 흘리는 것을 봤었지. 자, 이제부터 내가 치료해 줄 테니까 고맙게 생각하라구. 킬킬킬."

진검룡은 예전에 낭랑의 옥문과 항문 사이의 허벅지 양쪽 똑같은 위치에 난 상처 두 군데를 두 차례에 걸쳐서 치료해 준 적이 있었다.

그런데 진검룡의 상처가 낭랑의 상처와 너무도 똑같은 위치에 생겼다.

그래서 그녀는 자신이 진검룡의 상처를 치료해서 그때의 복수를 하려는 것이다.

사실 진검룡은 보도하 강변의 싸움에서 온몸 여러 군데에 상처를 입었으며 그것들은 다 치료를 했다.

하지만 방금 낭랑이 발견한 상처는 치료를 하지 못했다. 자신의 손으로 치료를 할 수 없는 부위고, 그렇다고 남에게 보여줄 수도 없는 부위이기 때문이다.

그래서 운공조식을 하면서 공력을 그 부위로 보내서 내상 치료 방식으로 치료하고 있는 중이다. 조금 전에 한 운공조식도 그 상처를 치료했던 것이다.

낭랑은 한 번 붙잡은 음경을 놓을 생각도 하지 않은 채 만지작거리며 눈을 반짝였다.

"흠! 이 자세로는 치료가 어렵겠어. 역시 예전의 나처럼 엎어놓고 궁둥이를 쳐들게 해서 치료를 해야겠군. 우헤헷! 그 모습을 상상만 해도 미칠 지경이야."

이어서 그녀는 음경을 놓고 진검룡의 몸을 뒤집으려고 양쪽 엉덩이를 붙잡았다.

휘익!

"어어……."

그 순간 그녀는 자신의 몸이 허공으로 붕 날아가는 것을 느끼며 어리둥절한 표정을 지었다.

쾅!

"캑!"

그녀는 맞은편 벽에 부딪쳤다가 바닥에 모질게 떨어졌다.

"어구구구! 도대체 어떻게……."

그녀는 온몸이 부서질 것 같은 고통보다도 마혈이 제압된 진검룡이 어떻게 자신을 집어 던진 것인지가 더 궁금해서 미칠 지경이다.

진검룡은 상체를 일으킨 자세로 낭랑을 보며 담담한 목소리로 말했다.

"랑아, 앞으로는 이런 짓 하지 마라."

낭랑은 진검룡이 예상 외로 화를 내지 않는 것에 대해서도 관심이 없다.

그녀의 관심사는 오로지 그가 어떻게 움직일 수 있게 되었느냐는 것뿐이다.

"조장, 혈도를 어떻게 한 거야?"

"공력으로 해혈(解穴)한 것이다."

"공력으로 해혈? 그런 방법도 있어?"

진검룡이 고개를 끄덕이자 낭랑은 두 손을 앞으로 모으고 비는 시늉을 했다.

"그거 나한테 가르쳐 줘. 응?"

방금 자신이 진검룡에게 무슨 짓을 했는지는 까맣게 잊어버린 낭랑이다.

"앞으로 이런 짓 하지 않는다면."

"알았어. 절대 안 하겠다고 맹세할게."

진검룡은 고개를 끄덕였다.

"나중에 수련실로 와라."

그때 방문이 급히 열리면서 놀란 표정의 옥청이 허둥대며 들어섰다.

방금 낭랑이 벽에 부딪치는 소리를 옆방에 있던 옥청이 들은 것이다.

"검랑! 무슨 일이에요? 어맛!"

다음 순간 그녀는 진검룡이 아랫도리를 벌거벗은 채 침상 위에 앉아 있는 모습을 발견하고는 질겁했다.

하지만 외면하거나 고개를 돌리지는 않았다. 그의 벗은 아랫도리를 보는 것은 처음이지만 이미 그의 발기한 음경을 만져 보기도 했기 때문인 듯했다.

진검룡은 머쓱한 표정으로 서둘러 바지를 입었다.

그때 낭랑이 비틀거리면서 일어서며 흥미롭다는 표정을 지으며 옥청과 진검룡을 번갈아 쳐다보았다.

"호오, 조장더러 '검랑'이라고? 두 사람이 벌써 그렇고 그런 사이가 되셨나?"

낭랑은 옥청의 어깨에 팔을 얹고 친근하게 말을 이었다.

"청 언니, 조장이 똥구멍 옆에 상처를 입었는데 그걸 자기 손으로 치료할 수가 없어서 내가 치료해 주려고 했더니 패대기를 치는 거 아니겠소?"

툭!

그녀는 옥청의 등을 가볍게 두드렸다.

"아마 언니가 치료를 하겠다고 나서면 조장이 기꺼이 궁둥이를 활짝 깔 것 같은데 말씀이야."

옥청은 얼굴을 붉혔다.

낭랑이 그녀의 귀에 입을 갖다 대고 귓속말을 했다.

"그런데 조장 사타구니에 달린 물건 조심하는 게 좋아요. 그거 지독하게 커서 찔리면 어느 여자든지 죽고 말 테니까."

문득 옥청은 그날 밤에 자신의 손으로 직접 만져 본 진검룡의 발기한 음경의 느낌이 생생하게 떠올라 얼굴이 새빨개져서 어쩔 줄을 몰랐다. 그날 밤에 그녀는 그 흉기에 찔리고 싶다고 간절하게 원했었다.

그러자 낭랑이 그녀를 보며 짐짓 놀라는 표정을 지었다.

"어라? 청 언니 부끄러워하는 걸 보니 혹시 그 흉기에 직접 찔려본 거 아냐?"

그러면서 옥청의 아랫도리 은밀한 부위를 뚫어지게 쳐다보았다.

"어, 어서 나가요."

크게 당황한 옥청은 낭랑의 등을 밀어 방 밖으로 내보내고는 문을 닫았다.

옥청이 너무 부끄러워서 고개를 숙이고 있는데 닫힌 문밖에서 낭랑의 웃음소리가 들렸다.

"헤헤헷! 조장 궁둥이 까고 있는 모습 볼만할 텐데 못 보다니 아깝구나!"

실내에는 묘한 정적이 흘렀다. 옥청은 문가에 계속 서 있고, 진검룡은 침상에 멀뚱하게 앉아 있었다.

"음, 나가봐야겠소."

침묵 끝에 진검룡이 침상 아래로 내려서려고 하며 어색하게 입을 열었다.

그러자 옥청이 빠르게 다가오더니 두 손으로 진검룡의 어깨를 붙잡았다.

"누우세요."

"……?"

"아니, 엎드리세요. 치료해야겠어요."

"청매."

"다른 사람 상처는 다 치료하시면서 왜 정작 본인 상처는 치료하지 않는 거죠? 그러다가 덧나기라도 하면 어쩌려고 그러세요?"

"나는……."

진검룡은 당황한 표정을 지으며 고개를 가로저었다.

"치료하지 않아도 괜찮소."

"저를 남이라고 생각하신다면 치료하지 않아도 좋아요."

"……."

진검룡은 할 말을 잃어버렸다.

치료를 거부하자니 옥청을 실망시킬 것이고, 치료를 받자니 옥청 앞에서 벌거벗고 궁둥이를 까는 짓은 절대로 하지 못할 것 같았다.

"어서 누워요."

옥청은 방그레 미소를 지으며 진검룡의 몸을 가만히 밀었다.

숨을 죽이고 문 옆에 서 있는 낭랑은 방 안에서 들려오는 옥청의 목소리를 들었다.

"궁둥이 더 드세요."

그 순간 참지 못하고 웃음을 터뜨렸다.

"우핫핫핫핫!"

그때 그녀 머릿속에서 진검룡의 천성전음이 울렸다.

[당장 꺼지지 않으면 해혈 수법을 가르쳐 주지 않겠다.]

낭랑은 그곳을 떠나 걸어가면서 더 크게 웃었다.

"푸핫핫핫핫! 조원들이 이 사실을 알면 필경 웃다가 졸도하고 말 거야!"

第六十五章
혈우당(血雨堂)의 음모

大中原

곤명지부 의방 건물 이층의 편좌방에 진검룡과 자허 신니가 마주 앉았다.

"진 시주는 이곳으로 외천된 것인가요?"

자허 신니가 조심스럽게 먼저 입을 열었다.

진검룡은 말없이 고개만 끄덕였다.

"작년 중추절 다음날 벌어졌던 산동성 승화문 멸문 사건 때문인가요?"

진검룡은 대답하지 않았다. 그 대신 무심한 눈빛으로 자허 신니를 주시하다가 일어섰다.

일전에 천의맹 강남지총부주 조탁이 승화문 멸문 사건에

대해서 말을 꺼냈을 때에도 진검룡은 노골적으로 불쾌한 표정을 지으며 그를 쫓아버렸었다.

"실례하겠소."

진검룡이 문 쪽으로 걸어가자 그의 등 뒤에서 자허 신니의 조용한 목소리가 들렸다.

"혈우당(血雨堂)을 알고 계신가요?"

뚝.

진검룡의 걸음이 멈춰졌다. 그리고 그의 얼굴에 곤핍한 표정이 설핏 떠올랐다.

"청룡검대주셨으니까 당연히 혈우당을 알고 계시리라고 생각해요."

진검룡은 직감적으로 자신의 모함에 혈우당이 개입되었을 것이라고 생각했다.

그렇지 않았다면 자허 신니가 진검룡의 '외천' 얘기를 꺼낸 직후에 '혈우당'을 거론할 리가 없기 때문이다.

지난번에 조탁은 진검룡이 모함에 빠진 것이라면서 그 증거까지 갖고 있다고 열변을 토했었다.

그런데 지금 자허 신니는 진검룡을 모함한 것이 누구인지에 대해서 말하려고 한다.

진검룡은 그 누구보다도 자신이 모함에 빠졌다는 사실을 잘 알고 있다.

그가 승화문을 멸문시킨 적이 없기 때문이다. 다만 그는 그

당시에 승화문에서 멀지 않은 곳에 있었던 것은 사실이다. 그로 인해서 음모의 덫에 빠진 것이다.

혈우당.

이른바 천하에 '피의 비'를 뿌리기를 원하는 인물들이 모여서 만든 비밀 조직이다.

혈우당의 강령(綱領)은 오직 하나다.

—악인은 모두 죽인다.

그것은 진검룡의 신념하고도 정확하게 일치하는 것이다.

하지만 두 가지 중요한 문제 때문에 진검룡하고는 거리가 먼 조직이다.

첫째는 혈우당이 '악인'이라고 낙인을 찍는 방법이다.

그들은 '나쁜 짓'을 뭉뚱그려서 '악'이라고 총칭한다. 천하에 '나쁜 짓'은 도처에 널려 있다.

사람을 죽이는 짓은 당연히 나쁜 짓이다. 도둑질도 나쁜 짓이고, 남을 속이는 행위, 강간, 간음, 방화, 약탈, 인신매매, 탈법, 배신, 매국(賣國), 반역, 매춘 등 나쁜 짓은 이루 헤아릴 수 없을 정도로 많다.

혈우당은 그것들을 모조리 싸잡아서 '악'이라 하고, 그런 짓을 하는 사람들을 '악인'으로 낙인찍는 것이다.

둘째는 혈우당이 악인을 벌하는 방법이다.

혈우당은 자신들이 '악인'이라고 낙인찍은 자들을 무조건 죽이는 것으로 벌한다.

회개나 참회, 교화의 기회조차 주지 않고, 일단 '악인'이라고 낙인을 찍으면 가차없이 죽이는 것이다.

자신들 나름대로 구체적인 법, 즉 혈우령(血雨令)이라는 것을 만들어놓고 그 법에 따라서 악인을 처형한다.

혈우령에 의하면 '악인'은 크게 '대악인(大惡人)', '중악인(中惡人)', '소악인(小惡人)'으로 분류된다.

그래서 '대악인'은 삼족(三族)을 멸하고, '중악인'은 가족을 몰살시키며, '소악인'은 당사자나 '소악'을 저지르게 한 '원인 제공자'를 죽인다.

예를 들어, 천하에 만연해 있으며 죄 같지도 않은 죄인 매춘의 경우에는 매춘을 한 기녀나 창녀를 거느리고 있는 기루의 루주나 창녀의 포주(抱主)를 죽이는 식이다.

혈우당의 논리대로 하자면 천하에 살아남을 사람이 그리 많지 않을 터이다. 반대로 죽어야 할 사람이 대부분이라는 뜻이다.

혈우당은 이미 십여 년 전에 결성되어 암중에서 활발하게 활약을 하고 있는 중이다.

천의맹에서는 당연히 혈우당을 '무림공적(武林公敵)'으로 정하고 그들을 뿌리 뽑기 위해서 총력을 기울였다.

그러나 혈우당이 워낙 완벽하게 정체를 감추고 있으며 은밀하게 행동하기 때문에 뿌리를 뽑기는커녕 단서를 잡는 것조차도 쉽지 않았다.

그나마 용케 단서를 잡고 추적한 끝에 혈우당의 분당(分堂)이라고 의심이 되는 곳을 급습하면 이미 그림자도 남기지 않고 종적을 감춰 버리기 일쑤였다.

진검룡은 청룡검대주 시절에 혈우당을 끈질기게 조사하여 몇 가지 사실을 알아낸 바 있었다.

최초에 혈우당을 만든 자들은 정파인들이며, 정파에서도 명숙(名宿)이라고 불릴 만큼 대단한 영향력을 지닌 인물들이라는 것.

혈우당에 속한 자들, 즉 혈우맹사(血雨猛士)의 수는 약 이백 명 정도라는 것.

혈우맹사 중에는 천의맹의 핵심 요직에 있는 자들과 정, 사, 마의 명문 대파 굵직한 인물들이 망라되어 있다는 것.

혈우맹사는 이백여 명에 불과하지만, 일 파(一派)를 손쉽게 움직이는 자들이 대부분이기 때문에 실제적인 수는 어마어마할 것이라는 사실 등이다.

진검룡은 이백여 명의 혈우맹사 중에 단 한 명을 알고 있다.

그자가 진검룡에게 혈우당에 가입할 것을 적극 권했기 때문이다.

그자는 진검룡과 오랫동안 막역한 사이였다. 바로 현무창신(玄武槍神) 연풍(延風)이다.

천의맹 낙양총부의 최고 실력자인 천의사신 중에서 현무

창대의 대주 현무창신이 혈우맹사 중 한 명이라는 사실은 진검룡을 놀라게 만들었다.

진검룡은 놀랐으나 그의 권유를 일언지하에 거절했다. 하지만 그가 혈우맹사라는 사실을 어느 누구에게도 발설하지 않았다.

현무창신 연풍은 진검룡이 친구를 밀고할 사람이 아니라는 사실을 짐작했기 때문에 진검룡에게 정체를 드러낼 수 있었던 것이다.

이후 진검룡은 두 달 후에 승화문 멸문 사건으로 전격 체포되어 뇌옥에 갇혔고, 석 달 후에 곤명지부 진원분타의 일개 조장으로 외천됐다.

그때 자허 신니가 중얼거리듯이 조용히 중얼거리는 말이 진검룡을 적잖이 놀라게 만들기에 충분했다.

"빈니는 혈우맹사라오."

진검룡이 자허 신니를 향해 돌아서자 그녀는 기다렸다는 듯이 입을 열었다.

"신니가 말이오?"

"그래요."

"어떻게……."

진검룡은 정말 놀랐다. 무림의 누구누구가 혈우맹사라고 해도 지금처럼 놀라지는 않을 것이다. 그 정도로 자허 신니는 참정의인, 참협의인인 것이다.

"신니······."

"지금부터 잠깐 동안 빈니가 하는 말만 들어주세요."

자허 신니는 육십대 중반이라고는 믿어지지 않을 만큼 희고 매끄러운 손가락을 세워서 자신의 입술에 대고 나서 맞은편 자리를 가리켰다.

진검룡은 그녀 맞은편에 앉았으나 놀라움을 감출 수가 없었다. 마치 쇠망치로 뒤통수를 한 대 호되게 얻어맞은 것 같은 충격이다.

자허 신니는 흐트러짐없는 꼿꼿한 자세로 진검룡을 주시하며 입을 열었다.

"진 시주는 빈니가 오래전부터 무림에서 가장 존경하는 사람이었어요."

진검룡은 자허 신니의 눈빛이 매우 맑게 가라앉은 것을 보고 그녀가 무언가 큰 결심을 했다는 사실을 깨달았다.

"진 시주가 아니었으면 아미파는 멸문했을 것이고, 빈니는 죽어서도 선사(先師)들을 뵐 면목이 없었을 거예요. 그래서 진 시주에게 보은(報恩)하기 위해서 이 비밀을 말해주려는 것이에요."

진검룡은 자허 신니가 말하려는 비밀이 혈우당에 대한 것이라고 짐작했다.

그래서 그는 별로 흥미를 느끼지 못했다. 예전 청룡검대주였을 때였더라면 이것만큼 그의 관심을 끌 만한 일이 없었을 것이다.

하지만 지금 그는 곤명지부의 일개 조장일 뿐이다. 지위를 떠나면 관심도 떠나는 법이다.

"일 년 전 어느 날, 혈우당주는 진 시주를 수단방법을 가리지 말고 혈우당으로 포섭하라고 지시했어요."

일 년 전이라면, 진검룡은 청룡검대주로서 천하를 주유하면서 불철주야 임무를 수행하는 때였다.

"그래서 천의맹 낙양총부 천의사신 중에 두 명, 백호도신(白虎刀神) 독고무헌(獨孤武軒) 시주와 현무창신 연풍 시주가 진 시주를 포섭하는 중책을 맡게 됐었어요."

"무헌도 혈우맹사라는 말이오?"

"그래요."

진검룡은 자신에게 직접 혈우당 가입을 권한 현무창신 연풍만 혈우맹사라고 생각했지 설마 백호도신 독고무헌까지 혈우맹사일 줄은 꿈에도 예상하지 못했다. 독고무헌도 진검룡의 절친한 벗이다.

그러나 그가 더욱 놀랄 만한 말이 자허 신니에게 준비되어 있었다.

"연풍 시주는 진 시주를 포섭하지 못했고, 그래서 준비한 두 번째 계획이 승화문 멸문 사건이었어요."

철석간담을 지닌 진검룡이지만 자허 신니의 말에는 놀라지 않을 수가 없었다.

"그게… 나를 혈우당으로 끌어들이기 위해서 벌인 일이라는 것이오?"

"그래요."

진검룡은 고개를 가로저었다.

"이해할 수 없군. 그것 때문에 나는 외천당해서 이런 벽촌의 조장이 됐는데, 그것이 어떻게 나를 포섭하는 수단이라고 할 수 있소?"

"진 시주는 천의맹의 실질적인 절대자였어요. 그런 진 시주를 더 이상 추락할 수 없는 바닥까지 떨어뜨렸다가 혈우당이 구원하는 척 손을 내미는 것이죠."

"내가 절망하고 있을 것이라 생각하고 미끼를 던지겠다는 것이로군."

"청룡검대주로의 복귀라는 미끼를 쓸 계획이에요. 절대로 거절하지 못할 미끼죠."

"그렇군."

"그렇게 해서 진 시주를 혈우당에 가입시키고 동시에 청룡검대주로 복직시키는 것이죠."

그녀의 말을 듣고 진검룡은 가슴이 울렁거렸다. 진검룡을 청룡검대주로 복직시킬 정도의 힘을 지닌 인물이 혈우맹사라고 짐작하기 때문이다. 그 정도의 인물이라면 천의맹에 단 한 명뿐이다.

그러나 자허 신니는 손사래를 치며 빙그레 미소 지었다.

"지금 진 시주가 생각하고 있는 그 사람, 즉 진 시주의 정혼녀인 천의맹주는 아니에요."

"그럼 누구요?"

자허 신니의 얼굴에 설핏 두려움이 번졌다.

"혈우당을 만든 사람. 바로 진 시주의 사부예요."

"⋯⋯."

진검룡은 너무 놀라서 자신도 모르게 벌떡 일어섰다. 하지만 자허 신니의 얼굴에서 시선을 떼지 않았다. 그녀의 얼굴에는 미미한 두려움이 떠올라 있을지언정 일말의 거짓도 보이지 않았다.

"조만간 누군가 진 시주를 찾아올 거예요. 그리고 그가 진 시주에게 청룡검대주로 복직하는 조건으로 혈우당에 가입할 것을 권할 거예요."

자허 신니는 마지막으로 한마디를 더 했다.

"진 시주가 그 제의를 거절하면 세 번째 포섭 수단은 없어요. 그가 진 시주를 죽일 테니까요."

진검룡은 자신의 방에서 혼자 술을 마시고 있었다.

너무도 큰 충격을 받아서 술의 힘을 빌리지 않고는 도저히 감당할 수가 없었다.

자허 신니의 말을 듣기 전까지는 그는 사매이며 정혼녀인 천의맹주 백소운이 자신을 음모에 빠뜨린 것이 아닌가 하고 의심했었다.

"흑흑, 용서하세요, 검룡 가가. 저는 매일매일 너무나도 외로웠
어요. 더구나 당신이 저를 원하지 않는 것 같아서 더욱 괴로웠어
요. 어느 날 당신이 없을 때 술을 마셨는데 많이 취했어요. 정신을
차리고 깨어나 보니까… 흑흑… 저는 알몸으로 침상에 누워 있었
고… 제 옆에는 무헌… 그 사람이 잠자고 있었어요. 저는 어떻게
된 일인지 하나도 기억나지 않아요. 하지만… 제가 무헌과 관계를
가졌다는 것은 분명해요. 저는 그에게 순결을 잃었어요. 용서하세
요. 제발… 저를 버리지 마세요. 흑흑……."

진검룡이 넉 달간의 긴 임무을 마치고 돌아왔을 때 백소운
은 그의 품에 안겨서 몸부림치며 오열하면서 그렇게 고백했
다.

진검룡이 임무 때문에 낙양총부에 없는 사이에 정혼녀 백
소운이 진검룡의 절친한 벗인 백호도신 독고무헌과 정사를
벌였다는 것이다.

제대로 된 정사인지 아닌지는 모른다. 백소운이 정신을 잃
을 정도로 취해 있었기 때문이다.

진검룡은 큰 충격을 받았었다. 하지만 백소운이 그렇게 된
데에는 자신의 책임이 크다고 생각했다.

그녀는 진검룡에게 여러 차례 정사할 것을 원했었다. 하지

만 그녀가 갖은 방법을 다 동원했는데도 진검룡의 음경은 발기하지 않았고 정사를 하지 못했다.

진검룡은 백소운을 사매라고 여기는 고정관념이 지나쳐서 그러는 것이라고 그녀를 위로했고, 같은 원인을 들어서 자신도 위로했다.

진검룡은 낙양총부를 떠나 있는 동안은 백소운으로부터 벗어날 수 있다는 것 때문에 마음이 편했다.

그녀를 미워해서가 아니라, 그녀가 또다시 정사를 요구해오면 불발로 그칠 그 안타까움과 어색함이 두렵고 싫기 때문이었다.

그리고 뒤따르는 위로와 자신에 대한 위로를 계속 반복하는 것도 싫었다.

결국 진검룡은 백소운을 용서했다. 용서하지 않을 수가 없었다. 그녀를 잃으면 벗 독고무헌도 잃어야 하기 때문이다.

아니, 그녀 곁에 있을 수 없기 때문에 진검룡 스스로 모든 것을 버리고 떠나야만 했을 것이다.

당시의 그는 낙양총부가 자신의 집이고 청룡검대주가 천직이라고 생각했다. 그러므로 그것들을 버리고 홀쩍 떠날 용기가 없었다.

그저 백소운이 한차례 실수한 것을 용서하기만 하면 변하는 것은 없을 것이라고 생각했다. 또한 소중한 사람들을 잃는 일도 없을 것이다.

진검룡은 독고무헌에게는 아무 말도 하지 말라고 백소운에게 당부했다.

　진검룡 자신이 모르고 있는 것으로 해야 불협화음없이 유야무야 넘어갈 것이기 때문이다.

　그 일이 있고 나서 한 달쯤 지났을 때 현무창신 연풍이 진검룡에게 자신이 혈우맹사라는 사실을 털어놓았으며, 진검룡더러 혈우당에 가입하라고 권고했다.

　진검룡이 연풍의 권고를 거절하고 나서 다시 한 달이 지났을 때 '승화문 멸문 사건'이 터졌고, 며칠 뒤 진검룡은 낙양총부 뇌옥에 감금됐다.

　석 달 동안 뇌옥에서 그는 수많은 생각을 했고, 결국 하나의 결론을 내렸다.

　어떤 상황이든 여자는 자신의 순결을 바친 남자를 잊지 못하고 사랑하게 된다는 것이 동서고금의 진리다. 그래서 백소운은 독고무헌을 선택했다고 말이다.

　여자는 사랑하는 남자를 위해서는 기꺼이 목숨까지 바칠 수 있을 만큼 희생적이다.

　하지만 이제 더 이상 사랑하지 않게 된 남자를 헌신짝처럼 내버릴 만큼 독하기도 하다.

　그래서 백소운은 자신과 독고무헌의 사랑을 위해서 진검룡을 곁에서 멀찌감치 떼어놓을 필요가 있었고, 그래서 '승화문 멸문 사건'이라는 음모를 꾸민 것이라고 진검룡은 거의 믿고 있었다.

그 일에는 독고무헌의 협조나 묵인이 필요했을 것이다. 진검룡이 낙양총부를 떠나던 날 독고무헌이 모습을 드러내지 않았던 것이 그것을 증명하고 있었다.

얼마 전 천의맹 강남지총부주 조탁이 진검룡하고는 전혀 다른 각도에서 접근하여 그를 음모에 빠뜨린 장본인이 백소운일지도 모른다는 말을 꺼내려다가 진검룡이 분노하여 조탁에게 일장을 가격했었다.

쓰라린 진실은 진검룡 자신 혼자만 알고 있어야 한다고 생각했던 것이다.

그런데 그게 아니었다. 오로지 진검룡을 혈우당으로 끌어들이기 위해서 승화문의 무고한 백칠십오 명을 진검룡의 표식인 혈화흔을 남겨서 죽였고, 그 죄를 진검룡에게 뒤집어씌워서 이곳 변방으로 외천시켰던 것이다.

짓밟고 갈가리 찢고 조각조각 부순 다음에 자비로운 악마의 손을 내밀기 위해서 말이다.

"음."

술 한잔을 다시 입속에 쏟아부은 진검룡은 뺨을 씰룩이며 짓이기듯 신음을 흘렸다.

친아버지보다 더 따르고 존경했던 사부가 혈우당주고 또 진검룡을 모함에 빠뜨린 장본인이라니 아직까지도 믿어지지 않는다.

왈칵!

"조장!"

진검룡이 빈 잔에 술을 따르고 있을 때 문이 거칠게 열리면서 낭랑이 엎어지듯이 달려들어 왔다.

기분이 좋지 않은 진검룡은 곱지 않은 시선으로 힐끗 낭랑을 쳐다보았다.

그런데 눈을 동그랗게 뜨고 놀라는 표정으로 쏟아놓는 낭랑의 말은 진검룡을 뒤흔들어놓았다.

"자허 신니가 죽었어!"

진검룡은 단숨에 의방으로 달려갔다.

의방 건물 입구에는 많은 아미승 사대제자들이 모여서 고개를 숙인 채 흐느껴 울고 있었다.

그 광경을 보고서도 진검룡은 자허 신니가 죽었다는 사실이 아직 믿어지지 않았다.

입구 안으로 달려들어 갔다. 입구에서 이층 계단으로 이어지는 곳에는 아미승 사대제자와 삼대제자들이 길게 늘어서서 역시 울고 있었다. 그녀들은 진검룡을 발견하고는 울면서도 분분히 길을 터주었다.

자허 신니는 의방 이층 자신이 치료를 받던 방에 있는데, 아미승의 수가 너무 많아서 자허 신니 가까이에 갈 수 없기 때문에 바깥에서부터 복도, 계단을 가득 메운 채 애도하고 있는 것이었다.

　방문 밖에는 일대제자 일곱 명과 강무교, 고명, 적설이 모여 서 있다가 계단을 달려 올라오는 진검룡을 쳐다보았다.

　"신니!"

　진검룡은 방 안으로 뛰어들며 외쳤다.

　그러다가 그는 그 자리에 우뚝 멈추며 온몸이 굳어버렸다.

　침상에는 자허 신니가 가부좌의 자세로 단정하게 앉은 채 눈을 감고 있었다.

　운공조식을 하고 있는 듯한 모습이며, 몹시 평화로워 보이는 표정이었다.

　그러나 진검룡은 그녀가 이미 죽었다는 사실을 깨달았다. 호흡도 맥박도 일체 없었다.

　"신니⋯⋯."

　진검룡은 주춤거리면서 자허 신니에게 다가갔다.

　구태여 자허 신니의 몸에 손을 대고 그녀의 죽음을 확인해 볼 필요조차 없다.

　진검룡은 자허 신니가 무엇 때문에 죽었는지, 아니, 자결을 했는지 짐작할 수 있었다.

　진검룡에게 혈우당의 비밀과 그를 포섭하기 위해서 벌인 음모에 대해서 낱낱이 밝혔기 때문일 것이다.

　그래서 진검룡이 행동을 개시하면 혈우당에서는 자허 신니가 그에게 모든 것을 밝혔다는 사실을 알게 될 것이고, 그러면 아미파가 불이익을 당하게 될 것이 불을 보듯이 뻔하기 때문에 자허 신니 혼자서 모든 책임을 떠안고 스스로 목숨을 끊은 것이다.

그녀가 죽으면 아무리 혈우당이라고 해도 아미파를 추궁할 수가 없을 것이기 때문이다.

그러나 진검룡은 자허 신니의 죽음이 안타까웠다. 왜냐하면 그는 행동을 개시할, 즉 혈우당의 음모를 파헤칠 생각이 추호도 없기 때문이다.

그가 자허 신니에게 들은 내용을 누구에게도 말하지 않고 혼자만 가슴속에 깊이 묻어둔다면 구태여 자허 신니가 자결할 이유가 없는 것이다.

자허 신니는 머지않아서 혈우당의 인물이 진검룡을 찾아와서 혈우당 가입을 조건으로 청룡검대주로의 복직을 권할 것이라고 예상했었다.

그러나 진검룡은 청룡검대주로 복직할 마음이 추호도 없다. 물론 혈우당에 가입할 생각은 더더욱 없다.

그는 지금 이대로가 마음에 들기 때문이다. 천의맹 낙양총부가 소용돌이 한복판이었다면, 이곳은 소용돌이하고는 거리가 먼 잔잔한 물가다.

마음이 편하고 몸도 편하며, 무엇보다도 이곳에는 정겨운 사람들이 있다.

그래서 진검룡은 남은 일생을 이곳에서 정겨운 사람들과

함께 지낼 생각이다.

만약 진검룡이 그런 자신의 마음을 자허 신니에게 진작 말해줬더라면 그녀는 자결하지 않았을 것이다. 이것은 순전히 진검룡의 불찰이다.

그의 과묵함은 결코 좋은 성격이 아니다. 그의 과묵함이 애꿎은 자허 신니를 죽였다.

아니, 그는 과거에도 자신의 과묵함으로 인해서 많은 사람들이 오해를 하고 잘못된 선택을 하는 것을 여러 차례 경험했다.

자허 신니 주변에 서 있는 혜승, 혜원, 한송 세 제자는 소리를 내지 않으려고 애쓰면서 어깨를 들먹이며 비 오듯이 눈물을 흘리고 있었다.

결국 진검룡은 자허 신니뿐만 아니라 그녀들에게도, 아니, 아미파 모든 제자들에게 본의 아니게 죄를 짓고 말았다.

"진 시주⋯⋯."

대제자 혜승이 부들부들 떨리는 손으로 공손히 진검룡에게 한 통의 서찰을 내밀었다.

"사부님께서 진 시주께 남기셨습니다."

자허 신니는 두 통의 서찰, 아니, 유서를 남겼다. 하나는 제자들에게, 또 하나는 진검룡에게 보내는 것이다.

찌익!

진검룡은 봉투를 찢고 참담한 마음으로 서찰을 펼쳤다. 거기에는 단 한 줄의 글이 일필휘지로 적혀 있었다.

　―혈우당은 악이에요. 혈우당을 멸하세요.

　비록 짧은 글이지만 자허 신니의 진심이 절절하게 담겨 있
는 글이다.
　와작!
　서찰이 진검룡의 커다란 손 안에서 구겨졌다.
　"신니……."
　진검룡은 일그러진 얼굴로 자허 신니를 쳐다보았다. 그의
눈에는 자허 신니야말로 진정한 협의인이고 보살로 보였다.
　진검룡은 자허 신니 앞에서 어떻게 해야 할 줄을 모르고 깊
이 고개를 숙였다.
　그의 그런 모습을 보고 세 제자는 더욱 몸을 떨면서 흐느껴
울었다.
　강무교와 고명, 적설은 실내로 들어오지도 못하고 문밖에
서 기웃거리면서 안을 들여다보고 있었다.
　이즈음에 이르러서는 강무교 등은 진검룡이 도대체 어떤
인물인지 짐작조차 할 수 없는 지경에 이르렀다.
　그들은 나중에 곤명지부로 돌아와서야 아미파를 공격했던
마도방파가 마도 십대마방 중에 하나인 유마부라는 사실을
알게 되고, 크게 놀랐다.

그런데 진검룡이 단신이라고 해도 좋을 정도로 오백여 명에 달하는 유마고수들을 물리치고 아미파를 구했으니 그야말로 혼비백산할 일이다.

더구나 아미파 장문인이며 무림명휘백인 중 한 명인 자허신니마저 진검룡에게 더없이 깍듯한 것을 보고는 진검룡이 누구일까 하고 상상하는 것을 아예 포기해 버리고 말았다.

그들은 다만 진검룡이 자신들하고는 전혀 격이 다른 세계의 인물일 것이라고만 막연하게 상상하고 있을 뿐이다.

그때 혜승이 다시 울먹이며 입을 열었다.

"사부님께서 빈니들에게 남기신 유서에는 앞으로 무슨 일이 있어도 오로지 진 시주만을 전심전력으로 도우라는 말씀이 계셨어요."

한송이 아이처럼 울면서 말했다.

"흑흑흑! 사부님께서 대사저를 다음 대 장문인으로 지정하셨어요. 그리고 아미파 장문인 이하 전 제자는 진 대주님의 명령에 무조건 복종하라고 말씀하셨어요."

장문인을 위시한 아미파 전 제자의 무조건적인 복종. 그것은 일찍이 무림사에 단 한 번도 없던 초유의 일이다. 구대문파가 어느 일개인에게 절대적으로 복종하다니 있을 수도 없는 일인 것이다.

진검룡은 자허 신니의 뜻이 무엇인지 알 수 있었다. 자허 신니는 진검룡에게 혈우당을 멸하라고 유시를 남겼다. 그리고 아미승들에게는 진검룡에게 절대 복종하라고 지시했다.

그것은 진검룡이 무림의 진정한 악 혈우당을 멸망시켜 주기를 간절히 염원하는 것이다.

강무교 등은 방금 한송이 진검룡에게 '진 대주님'이라고 불렀는데도 워낙 경황중이라서 신경을 쓰지 못했다.

실내와 문밖에서는 아미승들의 흐느낌 소리만 들릴 뿐 한동안 침묵이 이어졌다.

진검룡은 이곳에서 자신이 할 수 있는 일이 아무것도 없다는 사실을 깨달았다.

'나의 무지가 신니를 죽음으로 내몰았다.'

자신의 과묵함으로 인해서 여러 사람이 피해를 입는다는 사실을 모르고 있었던 것은 분명히 무지다.

'나는 나도 모르는 사이에 이런 실수들을 계속 저질러 왔던 것이 아닐까?'

그런 회오(悔悟)마저 뭉클뭉클 가슴속에서 솟구쳤다.

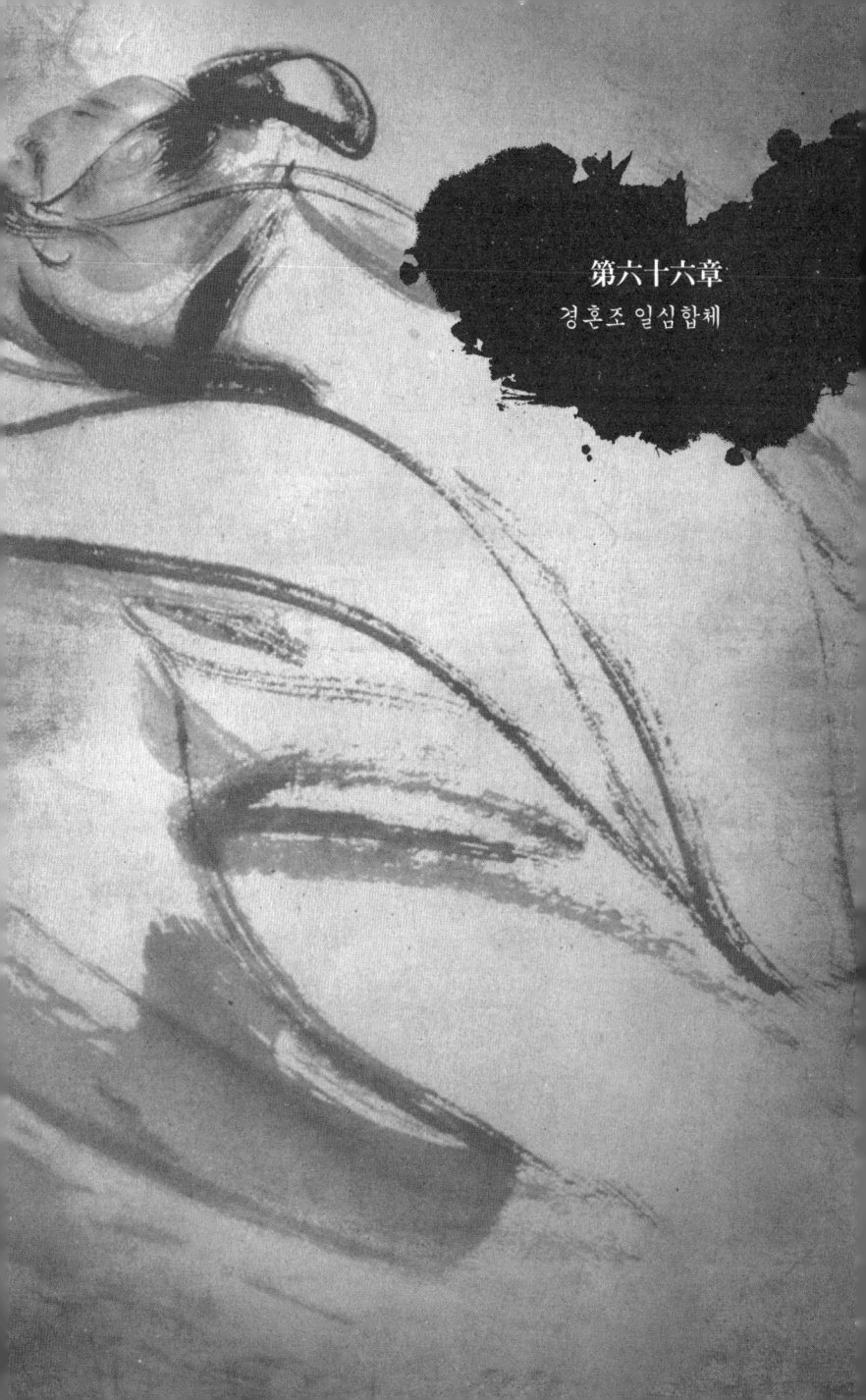

第六十六章

경혼조 일심합체

大中原

자허 신니의 장례는 곤명지부 대연무장 한복판에서 다비식(茶毗式)으로 거행됐다.

곤명지부주 강무교는 곤명지부 전문을 개방하고 다비식에 참가할 사람은 누구라도 막지 않았다.

자허 신니의 죽음이 알려지자 실로 구름 같은 인파가 몰려들었다.

자허 신니는 천하에서 활불(活佛)로 명성이 지대했으며, 특히 아미파가 있는 사천성과 인근의 운남성, 귀주성에서는 무림인은 물론 일반 백성, 남녀노소를 막론하고 가히 신적인 존경을 받았다.

켜켜이 쌓아 올린 장작더미 위에 자허 신니의 유체를 올리고 불이 활활 타오르는 동안 진검룡은 가까이 다가가지 않고 먼발치에서 지켜보았다.

아미승들은 오열하면서 극락영(極樂迎) 염불을 외우며 거대한 불길을 돌았다.

아미승들의 외곽에서는 곤명지부의 무사들과 곤명총부의 무사들이 합장을 하며 자허 신니의 극락왕생을 빌었다.

다비식에는 사황벌 징강지부와 안순지부의 무사들도 앞다투어 대거 참석했다.

자허 신니는 종파와 파벌을 초월하여 사파인들에게도 존경을 받았다.

무사들 바깥쪽에는 일반 백성들이 인산인해를 이루어 합장을 하고 눈물을 흘리면서 자허 신니의 성불을 기원했다.

다비식이 끝나고 열흘이 지난 어느 늦은 밤에 경혼각 식당에 경혼조원들이 모였다.

가벼운 부상을 입은 조원들은 다 나았고, 심한 부상을 입은 부상쾌와 무악 등도 많이 회복돼서 걷고 움직이는 데에는 별 지장이 없었다.

몇 개의 탁자를 길게 붙인 위에는 옥청이 솜씨를 발휘하여 맛있는 요리와 미주를 차려놓았으나 아무도 손을 대는 사람이 없었다.

평소에 촐랑거리는 낭랑이나 주소영, 그리고 철모르는 단은한까지도 입을 꼭 다문 채 진검룡을 말끄러미 주시하고 있었다.

진검룡의 모습이 평소와 많이 다르기 때문이다. 다른 사람이 본다면 그의 평소 모습이나 지금의 모습이나 별다를 게 없다고 여길 터이다.

하지만 이미 반년 가까이 진검룡과 가깝게 지내온 경혼조원들은 그가 평소하고는 판이하게 다르다는 것을 한눈에 간파했다.

진검룡 오른쪽에는 부상쾌가 앉았고, 왼쪽 자리는 비워두었다. 옥청의 자리라는 뜻이다.

그녀는 지금 경혼조원들에게 대접할 요리의 마지막 손질을 하고 있는 중이다.

경혼각 이층 진검룡의 방 좌우의 방을 부상쾌와 옥청의 몫으로 남겨놓은 것처럼, 언제부턴가 진검룡 양쪽 자리는 부상쾌와 옥청이 앉는 것이 당연한 것으로 굳어졌다.

이윽고 진검룡이 나직하게 말문을 열었다.

"어떤 문파가 있다."

뜬금없는 말이다. 하지만 경혼조원들은 바짝 긴장해서 귀를 기울였다.

진검룡이 이런 식으로 말을 꺼낸 것은 처음이다. 경혼조원들은 본능적으로 심상치 않음을 감지했다.

"어느 날 그 문파의 이인자가 모함에 빠져서 벌을 받게 되었다. 그는 문파에서 쫓겨나 멀리 떨어진 곳의 마사부(馬舍夫:마구간지기)로 강등되었다."

경혼조원들은 진검룡이 난데없이 무슨 얘기를 하는 것인지 종잡을 수가 없었다.

문파의 이인자에서 마사부로 강등되었다면 추방당한 것이나 다름없는 수직 강등이다.

그 자신의 얘기를 하는 것 같기도 하고, 아니면 다른 사람의 상황을 마사부에 빗대어 설명하는 것 같기도 했다. 하지만 조원들은 그의 말을 액면 그대로 열심히 들었다.

"마사부는 체념하고 과거와의 모든 인연을 끊었다. 그리고 마구간과 그 주변의 것들과 친화하려고 노력했다. 그 결과 그는 오래지 않아서 문파의 이인자 지위보다 마사부라는 자리가 더 편하다는 사실을 깨닫게 되었다."

경혼조원들은 진검룡의 말을 십분 이해한다는 듯 고개를 끄덕였다.

만약 그들이 무림의 내로라하는 위치에 있는 사람들이라면 그의 말을 이해하는 것이 어려웠을지도 모른다.

하지만 무림의 가장 밑바닥에서 온갖 풍상을 다 겪어봤기 때문에 그의 말을 이해하는 것이, 아니, 이해라고 할 것까지도 없다. 듣는 순간 즉시 알아들었다.

경혼조원들은 어쩌다가 이곳까지 흘러들어 와서, 아니면

특별한 인연 때문에 진검룡의 수하가 되었다.

그리고 그들 모두는 지금이 자신들의 인생 그 어느 때보다도 행복하고 또한 최고의 황금기라는 사실을 절실하게 느끼고 있다.

이들 대부분이 예전에는 독불장군이었으나 지금은 조원들끼리 가족이나 친형제처럼 친해져서 하루라도 보지 못하면 좀이 쑤실 지경이 되었다.

그것은 진검룡이 말하고 있는 가상 인물이 문파의 이인자라는 지위보다 마사부가 더 편하다고 하는 것을 경혼조원들이 직접 몸으로 체험한 것이나 다름이 없다.

경혼조원들은 흡사 자신들이 마사부가 된 듯한 착각을 느끼기도 했다.

"그런데 어느 날 마사부는 누가 자신을 모함에 빠뜨렸는지, 그리고 목적이 무엇이었는지를 알게 되었다. 그런 상황에서 과연 마사부는 문파로 돌아가서 누명을 벗어야 하는가?"

이야기가 그쯤에 이르자 경혼조원들은 어쩌면 마사부가 진검룡일지도 모른다고 생각하기 시작했다.

하지만 단 한 사람, 부상쾌만은 처음부터 그것이 진검룡의 이야기라는 사실을 알고 있었다.

모두들 진지한 얼굴로 골똘히 생각하는데, 진검룡 맞은편에 앉은 낭랑이 대수롭지 않은 듯 떠들었다.

"물고기가 여태껏 똥통에서 허우적거리다가 기껏 빠져나

와서 맑은 계류에서 살게 됐는데 뭣 때문에 똥통으로 다시 돌아간다는 거야? 똥통으로 돌아가서 똥통을 발칵 뒤집어놓는다고 해도 더러운 똥만 뒤집어쓸 뿐이지 개운한 것은 없어! 그저 더러울 뿐이지!"

낭랑은 조원들을 돌아보면서 동조를 구하는 듯 목에 핏대를 세웠다.

"몸과 마음이 편하면 거기가 바로 고향이고 집인 거라구! 안 그래?"

비유는 지저분했으나 낭랑의 말이 옳다고 여긴 조원들은 고개를 끄덕였다.

그때 주방에서 할 일을 마친 옥청이 진검룡 왼쪽에 조심스럽게 앉았다.

척!

낭랑이 팔 하나를 번쩍 들더니 소리쳤다.

"마사부가 똥통으로 돌아가지 말아야 한다고 생각하는 사람은 손들어!"

그러자 길게 생각할 것도 없다는 듯 경혼조원 전원이 우르르 손을 들었다.

마지막으로 옥청도 살며시 손을 들더니 진검룡의 눈치를 살짝 살폈다. 그녀도 주방에서 대화를 다 들었던 것이다.

낭랑은 들었던 팔을 내리고 나서 지금까지와는 달리 조용한 목소리로 말했다.

"오래전에 내가 사부에게 겁탈당할 뻔하다가 사부를 죽이고 사문에서 도망쳐 나와 관가에도 쫓기는 신세가 됐던 것이 정말 다행이라고 생각해."

느닷없는 말에 조원들은 놀란 얼굴로 낭랑을 쳐다보았다. 조원들은 낭랑의 과거를 처음 듣는 것이다.

그녀는 자신의 밝히고 싶지 않은 어두운 과거를 모든 조원들에게 밝혀야 할 정도로 지금이 절박한 상황이라고 판단한 듯했다.

그러나 낭랑은 진검룡만을 바라보며 진지한 표정으로 말을 이었다.

"도망자 신세는 정말 힘들었지만 결국 여기까지 흘러와서 조장이라는 정말 멋진 사람을 만났고, 새로운 인생을 시작하게 됐어. 나는 누가 지금의 내 인생을 뺏거나 파괴하려고 한다면 온몸이 갈가리 찢어지도록 싸워서 지킬 거야."

경혼조원 모두의 심정을 낭랑이 대변하고 있었다.

그녀의 눈에 부옇게 이슬이 맺혔다.

"어느 문파의 이인자였던 마사부가 모함을 당한 것은 정말 잘된 일이야. 그랬기 때문에 진정한 자유와 편안함을 찾았잖아? 그따위 문파, 아니, 똥통에는 다시 돌아갈 필요가 없는 거야."

탕!

낭랑은 두 손바닥으로 탁자를 거세게 치고 벌떡 일어나 진검룡을 보며 외쳤다.

"그러니까 가지 마, 조장! 우리랑 여기에서 죽을 때까지 같이 살자! 응?"

괴걸녀, 그리고 개뼈다귀 같은 낭랑의 눈에서 폭포처럼 뜨거운 눈물이 쏟아졌다.

"젠장! 나 말이야, 지금이 정말 사람 사는 거 같아. 조장 만나기 전의 삶은 개차반이었어. 지옥이었다고. 나는… 이 금쪽같이 귀한 행복을 잃고 싶지 않아, 조장."

경혼조원 중에서 울지 않는 사람이 없다.

옥청이 제일 먼저 고개를 숙인 채 울기 시작했고, 진검룡의 제자들인 무악과 미미, 주소영은 낭랑이 '누가 내 인생을 파괴하려고 한다면 온몸이 갈가리 찢어지도록 싸워서 지킬 것이다' 라는 말을 할 때 왈칵 눈물을 쏟아냈다.

그리고 낭랑이 진검룡에게 '우리랑 여기에서 죽을 때까지 같이 살자' 고 통곡하듯이 울부짖을 때 나머지 경혼조원도 참지 못하고 닭똥 같은 눈물을 흘렸다.

갑자기 무악과 미미, 주소영이 의자 뒤로 물러나더니 바닥에 나란히 엎드려 진검룡을 향해 절을 올리며 흐느꼈다.

"사부님, 가지 마세요!"

그러자 부상쾌와 다른 조원들도 바닥에 엎드려 절을 올리며 울부짖었다.

"주군! 저희를 버리지 마십시오!"

"조장님! 가지 마십시오!"

경혼조원 모두는 문파의 이인자였다가 마사부로 전락한 사람이 진검룡이라고 확신했다.

낭랑도 얼른 뒤로 물러나더니 넙죽 절을 하며 어린아이처럼 엉엉 울었다.

"흐으엉! 조장! 나 이렇게 울면서 누구한테 애원하는 거 처음이야! 이렇게 비는데도 가버리면 끝까지 따라가서 죽여 버릴 거야!"

그러더니 그녀는 진검룡 옆에 다소곳이 앉아서 고개를 숙인 채 어깨를 들먹이고 있는 옥청을 부추겼다.

"청 언니는 뭐해? 우리 다 합친 거보다 청 언니 한 사람이 조장을 붙잡는 게 더 강력하다는 거 몰라?"

옥청은 화들짝 놀라서 고개를 들고 낭랑과 진검룡을 번갈아 쳐다보았다.

그러더니 조심스럽게 일어나서 뒤로 물러나더니 다른 사람들처럼 진검룡을 향해 큰절을 올렸다. 그리고는 울먹이는 목소리로 말했다.

"허락하신다면, 당신이 어딜 가시더라도 끝까지 따르겠어요."

"청매……."

진검룡은 짠한 눈빛으로 옥청을 굽어보았다.

순간 낭랑이 파드득 발작을 일으켰다.

"청 언니! 그게 아니잖아! 가지 말라고 애원을 해야 할 판국에 무슨 끝까지 따르겠……."

퍽!

"끅!"

옆에 있던 훈용강이 낭랑의 뒤통수를 쿡 눌러 바닥에 얼굴을 처박으며 꾸짖었다.

"넌 잠자코 있어라."

잠시 침묵이 흐른 후에 진검룡이 묵직하게 고개를 끄덕이며 말문을 열었다.

"알았다. 가지 않으마."

순간 고개를 드는 경혼조원 모두의 얼굴에 햇살처럼 환한 기쁨이 가득 떠올랐다. 그러더니 이번에는 모두 기쁨의 눈물을 흘렸다.

진검룡은 보도하 강변에서의 유마부와의 싸움과 자허 신니의 자결에서 큰 깨달음을 얻었다.

자신에게 있어서 옥청과 경혼조원이 가족 이상으로 소중한 사람들이라는 사실과, 그렇기 때문에 앞으로는 그들 모두의 의견을 존중해야겠다는 생각을 한 것이다.

옥청과 경혼조원들이 자리에 앉았다. 한바탕 울고 난 그들의 얼굴은 모두 해말끔했다.

그들은 진검룡이 혼자서 독단으로 결정하지 않고 자신들의 의견을 물어보고 또 결정을 수렴했다는 사실에 대해서 가

숨이 터질 듯이 뿌듯했다.

경혼조원들은 보도하 강변에서의 싸움 이후 진검룡과 조원 각자의 관계가 한층 더 돈독해졌는데, 방금 이 일로 가족 그 이상의 강한 유대를 느꼈다.

낭랑이 언제 울었냐는 듯 신바람이 나서 손바닥으로 탁자를 두드리며 성화를 부렸다.

"이제 얘기 끝났지? 술 먹어도 되는 거지?"

"한 가지 더 있다."

진검룡은 혼자서는 선뜻 결정을 내리지 못하고 마음속에 품고 있던 고민 한 가지를 옥청과 경혼조원들에게 꺼내놓을 생각이었다.

순간 옥청과 경혼조원들의 얼굴에 다시 긴장이 떠올랐다.

"그 문파에서 조만간 나를 죽이러 올 것이다."

그의 말에 옥청과 경혼조원들은 눈을 크게 뜨고 놀라는 표정을 지었다.

진검룡은 '마사부'를 '나'라고 고쳐서 지칭했다. 이제는 비유를 하지 않겠다는 것이다.

너무 놀란 탓에 아무도 입을 열지 않아서 진검룡이 계속 말을 이었다.

"선택은 두 가지다. 나를 찾아내지 못할 곳으로 피할 것인가, 아니면 맞이해서 싸울 것인가를 결정해야 한다."

경혼조원들은 진검룡의 무위가 상상도 못할 정도로 엄청

나다는 사실을 잘 알고 있다.

그런데 그를 죽이러 오는 인물, 또는 인물들이 있다면 모르긴 해도 굉장한 실력자들일 것이다.

그런 생각을 하자 경혼조원들은 억눌린 듯한 표정을 지으며 섣불리 입을 열지 못했다.

옥청은 누가 진검룡을 죽이러 올 것이라는 말에 안색이 해쓱하게 질리고 눈을 동그랗게 뜬 채 그를 바라보았다.

진검룡은 그녀가 몹시 놀라고 또 겁에 질렸다는 사실을 간파했으나 모른 체했다.

그때 훈용강이 조용한 어조로 공손히 입을 열었다.

"지난번에 주군께서 죽인 살수들도 같은 문파에서 보낸 것입니까?"

그가 말하는 자들은 단명삼살이다.

진검룡은 씁쓸한 미소를 지었다.

"그렇게 생각했는데 지금 다시 생각해 보니 그자들은 단지 내 안목을 흐리기 위해서 보낸 소모품이었던 것 같다."

"단명삼살이 일개 소모품이라는… 말씀이십니까?"

"그렇다."

훈용강은 할 말을 잃었다. 그는 예전 진원분타에 있을 때보다 현재 다섯 배 이상 고강해졌다. 하지만 단명삼살 중에 한 명하고 싸우면 십 초식도 버티지 못할 것이라는 사실을 잘 알고 있다.

그런 특급살수 단명삼살이 한낱 소모품이라는 데야 무슨 할 말이 있겠는가.

경혼조원 중에서 단명삼살이 누군지 아는 대다수는 기겁을 해서 안색이 급변했다.

"야, 용강! 방금 그게 무슨 소리냐?"

낭랑이 잡아먹을 듯이 이를 드러내고 소리치자 훈용강은 예전에 진검룡이 단명삼살을 간단하게 죽였던 일을 대충 설명해 주었다.

사도풍이 이해하기 어렵다는 표정으로 진검룡에게 물었다.

"조장님, 단명삼살 정도가 소모품이라면 조만간 조장님을 죽이러 올 것이라는 자들은 도대체 어느 정도 실력자라는 겁니까?"

모두가 궁금하던 의문이다.

진검룡은 잠시 침묵하다가 조용히 대답했다.

"자허 신니를 오 초식 안에 죽일 수 있는 자가 올 것이다."

"맙소사!"

자허 신니는 아미파의 장문인이며 무림명휘백인의 일인이다.

그 말은 그녀가 당금 무림에서 가장 고강한 백 명 안에 꼽힌다는 뜻이다.

무림에 몸담고 있는 수백만 명 중에서 최상위 백 위 안에 꼽힌다는 것은 실로 엄청난 일이다.

그런 그녀를 단 오 초식 안에 죽일 수 있는 자가 진검룡을 죽이러 올 것이라는 얘기다.

주소영이 두 주먹을 불끈 쥐고 일어나 답답하다는 듯 외쳐 댔다.

"그자들이 어째서 사부님을 죽이려는 건데요? 도대체 이유가 뭐예요?"

진검룡은 이들을 제대로 이해시켜야겠다고 생각했다.

"그 문파에서 나를 모함하여 이곳으로 보낸 데에는 이유가 있었다. 나를 어떤 조직으로 끌어들이기 위해서다."

이어서 그는 혈우당에 대해서 간략하게 설명해 주었다. 경혼조원들이 몹시 놀라겠지만, 이제는 그들도 알아야 할 때가 됐다고 생각했다.

"우우, 혈우당이라니… 무시무시한 조직이로군요."

설명을 듣고 난 조원들은 이 시린 신음을 흘리며 진저리를 치는데, 무악이 이해하기 어렵다는 표정으로 말했다.

"하지만 그런 식으로 마음대로 악인을 정하고 죽이면 천하에서 살아남을 사람이 얼마나 되겠어요?"

단은한이 치를 떨면서 공감했다.

"맞아요. 혈우당은 무림 자체를 말살하고 천하에 자기들 입맛에 맞는 사람들만 남겨서 가축처럼 사육하려는 의도인 것 같아요."

진검룡이 딱 잘라서 결론을 지었다.

"혈우당이 바로 악이다."

모두들 고개를 끄덕이면서 분개했다.

"그렇습니다. 그들이 바로 악 자체입니다."

"혈우당이 하는 짓은 최고악(最高惡)이 보통악(普通惡)을 벌하는 것입니다. 명백한 위선(僞善)입니다."

진검룡은 조원들이 진정하기를 기다렸다가 말했다.

"나를 끌어들이려는 조직이 바로 혈우당이다. 조만간 나를 만나러 올 인물은 내게 혈우당 가입과 죽음 둘 중 하나를 선택하라고 할 것이다."

좌중이 조용해졌다. 진검룡이 혈우당에 대해서 설명을 할 때 조원들은 이미 그 사실을 짐작했다.

고선이 의아한 얼굴로 물었다.

"혈우당은 조장님께서 계시던 문파를 좌지우지할 수 있는 건가요?"

"그렇다."

이번에는 동풍이 물었다.

"혈우당의 영향력이 어느 정도입니까?"

"구대문파를 장악하고 있다."

모두 아연실색한 표정을 지었다. 구대문파는 정파의 아홉 개 기둥이며 태산북두다.

"설마… 천의맹에까지 영향력을 끼치는 것은 아니겠죠?"

조제가 조심스럽게 물었다. 천의맹은 구대문파보다 거대하고 정파의 뿌리라고 할 수 있다.

진검룡은 씁쓸하게 고개를 끄덕였다.

"천의맹도 혈우당 수중에 있다."

경혼조원들은 눈을 휘둥그렇게 뜨고 입을 크게 벌리며 경악을 금치 못했다.

혈우당이 천의맹과 구대문파를 장악하고 있다면 정파 전체를 장악하고 있다는 말이나 다름이 없다.

"혈우당에는 마도와 사파의 인물들도 있다."

진검룡의 말에 경혼조원들은 할 말을 잃었다. 진검룡의 말을 들으면 혈우당의 혈우맹사라는 자들은 하나같이 무림의 한 지역이나 방, 문파를 쥐락펴락할 정도로 내로라하는 거물뿐이다.

그런데 정파인뿐만 아니라 마도인과 사파인까지도 망라되어 있다면 무림의 정, 사, 마 거의 대부분을 장악하고 있다는 뜻이 아닌가.

진검룡은 옆에 앉은 옥청이 오들오들 가련하게 떨고 있는 것을 알고 있었으나 지금으로선 그녀를 어떻게 해줄 수가 없었다.

한참 만에 훈용강이 억눌린 듯한 목소리로 조심스럽게 입을 열었다.

"조만간 주군을 만나러 올 인물은 당연히 혈우당의 인물,

즉 혈우맹사겠지요?"

진검룡이 고개를 끄떡이자 훈용강이 물었다.

"주군께선 어떻게 하실 생각이십니까?"

"거절할 생각이다."

진검룡은 생각할 것도 없다는 듯 즉답했다.

경혼조원 얼굴에 안도의 표정이 떠올랐다. 진검룡이 혈우
당에 가입해 버리면 자신들에게는 추호의 피해도 미치지 않
을 텐데도 그들은 그가 혈우당에 가입하지 않고 자신들과 함
께 있어주기를 원하고 있는 것이다.

언제나 어려운 상황에서는 먼저 창대를 메는 낭랑이 이번
에도 진검룡을 똑바로 주시하며 단도직입적으로 물었다.

"조장이 누군지 이제는 말해줘야 할 때가 된 것 같지 않
아?"

경혼조원들이 일제히 진검룡을 주시하며 바짝 긴장하는
표정을 지었다.

그들 모두는 기나긴 의문이 드디어 막다른 곳에 이르렀다
는 사실을 직감했다. 진검룡이 더 이상 감추지 않을 것이라는
생각이다.

경혼조원들은 진검룡이 누군지 전혀 모른다. 단지 청룡검
신일지도 모른다고 예전에 막연하게나마 추측했던 적이 있을
뿐이다.

그 이유는 그의 이름이 청룡검신의 이름과 같은 '진검룡'

이라는 것 오로지 한 가지 때문이었다.

그렇지만 진검룡이 청룡검신일 것이라고는 채 일 할도 예상하지 않는다.

아무것도 모르고 있는 것보다는 진검룡이 누구일지도 모른다고 막연하게나마 설정해 놓는 것이 마음의 위안이 되기 때문에 그래 본 것에 불과하다.

그것은 마치 어디로 가야 할지 막막한 것보다는, '그곳으로 가면 어떨까?' 하고 가상의 목적지라도 한 군데 정해놔야 마음이 편해지는 이치라고나 할까.

경혼조원들은 극도로 긴장했으나 진검룡은 더할 나위 없이 마음이 편했다.

"나는 천의맹 낙양총부에서 청룡검신이라고 불렸었다."

단 한 사람, 진검룡 오른쪽에 꼿꼿한 자세로 앉아 있는 부상쾌만이 감격 어린 표정으로 소리없이 눈물을 흘리고 있을 뿐이다.

예전부터 진검룡의 신분을 알고 있었던 그녀는 이제야 비로소 가슴이 후련해졌다.

그녀를 제외한 열다섯 명은 아마도 난생처음 지금처럼 혼비백산하는 표정을 지어볼 것이다.

천의맹의 실질적인 실력자이며 절대자.

무림의 대다수가 천하제일인(天下第一人)이라고 부르기를 주저하지 않는 무인.

무림에서 가장 정의롭고 의협심이 강하며, 무림인들이 가장 존경하는 위대한 영웅.

그가 곧 청룡검대주 청룡검신 진검룡이다.

실내에는 오랫동안 침묵, 아니, 적막이 흘렀다. 경혼조원들은 너무 놀라서 숨을 쉬는 것조차 잊어버린 듯했다.

무림, 아니, 천하에서 청룡검신을 모르는 사람은 갓 태어난 갓난아기 정도에 불과할 것이다. 그는 그렇게 유명하고 걸출한 인물이다.

여북하면 지금껏 무악만을 키우면서 바깥출입을 거의 하지 않았던 옥청마저도 청룡검신이라는 별호를 알고 있겠는가.

"아아……."

오랜 침묵을 깨고 제일 먼저 탄성 같은 신음을 흘린 사람은 뜻밖에도 경혼조의 제일 연장자인 와평이다.

그는 언제부턴가 비 오듯이 눈물을 흘리고 있었다. 그는 세찬 감격 때문에 금방이라도 죽을 것 같은 표정으로 진검룡을 바라보았다.

"지난 반년 동안이나 모셨던 분이 청룡검신이었다니… 평생의 영광입니다. 아아, 속하는 지금 당장 죽는다고 해도 여한이 없습니다."

그는 뒤로 물러나 마치 황제를 대하는 듯한 경건한 동작으로 진검룡을 향해 절을 올렸다.

"절대자께서 무림의 가장 밑바닥 이런 벽촌까지 내려오셔서 속하들을 거두어주셨으니 그저 황공할 뿐입니다. 진정으로 감사를 올립니다."

아직 제정신이 아닌 경혼조원들 귀에는 와평의 떨리는 목소리가 들리지 않는 듯했다.

잠시 후에 이번에는 동풍이 일어나서 뒷걸음으로 물러나자 장관웅이 뒤뚱거리면서 황급히 따라가더니 함께 진검룡을 향해 절했다.

"이것은 수많은 무림인과 선량한 백성들을 구하신 대영웅에게, 그리고 가장 존경하는 분에게 올리는 절입니다."

"우우, 뭐라고 말해야 할지 모르겠습니다. 속하들에게 와주셔서 그저 감사할 따름입니다."

뒤이어 정신을 차린 사도풍과 중혜, 조제, 주록이 함께 절을 올렸다.

"속하들은 아직도 꿈을 꾸는 것만 같습니다. 설마 천하대영웅 청룡검신이 속하들의 조장이셨을 줄이야. 그저 감격… 감격할 뿐입니다."

그 옆에는 어느새 무악과 주소영, 미미가 나란히 무릎을 꿇고 있었다. 세 사람은 진검룡을 우러러보며 눈물을 흘렸다.

"저희가 청룡검신의 제자였다니… 천하에서 가장 자랑스러운 사람들이었다는 사실이 믿어지지 않습니다. 예전에도… 그리고 앞으로 죽을 때까지 사부님을 존경합니다."

훈용강이 말을 이었다.

"주군께서 청룡검신이었다니······."

"집어치워!"

아니, 그는 말을 잇지 못했다. 낭랑이 벌떡 일어나서 악을 쓰듯 외쳤기 때문이다.

그녀는 방울방울 눈물을 흘리면서 진검룡을 쳐다보며 마치 반항하는 자식처럼 떼쓰듯 소리를 질렀다.

"청룡검신이 뭐 어쨌다는 거야? 제아무리 절대자고 대영웅이라고 해도 우리 조장일 뿐이야!"

그녀는 입에서 쏟아내는 내용하고는 달리 표정에는 간절함이 가득 떠올랐고, 두 손을 모아 가슴에 대고 상체를 숙인 자세는 애절함이 절절하게 흘러넘쳤다.

"그렇지, 조장? 계속 우리 경혼조의 조장일 거지? 무슨 일이 있어도 우릴 버리지 않을 거지?"

옥청을 제외한 경혼조원들은 모두 무릎을 꿇고 절을 하고 있다가 고개를 들고 진검룡을 바라보았다.

진검룡이 묵묵부답 대답이 없자 낭랑은 안타까움을 넘어서 숨이 넘어갈 듯한 표정을 지었다.

꿀꺽 마른침을 삼키는 그들 얼굴에는 낭랑과 비슷한 표정이 떠올라 있었다.

"청룡검신이라고 왜 이제 와서 밝히는 거야? 설마 우리에게 이렇게 조장을 존경하고 사랑하게 만들어놓고서 우릴 버리려는 건 아니겠지? 응?"

그녀는 진검룡이 자신의 신분을 밝히는 것이 자신들을 떠나려는 것이라고 오해를 했다. 그래서 잔뜩 겁이 난 것이다.

그녀는 조금 전에 자신이 진검룡에게 진짜 신분을 밝히라고 소리쳤다는 사실을 잊은 듯했다.

그때 진검룡이 묵묵히 빈 잔을 집어 들었다.

그러자 안색이 하얗게 질려 있던 옥청이 자신이 무엇을 하는지도 모르는 상태로 급히 술병을 집어 그가 잡고 있는 잔에 술을 따랐다.

하지만 몸과 팔이 마구 떨리는 바람에 잔에 부어지는 술보다 쏟아서 진검룡의 손을 적시는 술이 훨씬 많았다.

진검룡은 술에 흠뻑 젖은 손으로 철철 넘치는 술잔을 들고 경혼조원들을 둘러보며 조용히 입을 열었다.

"나는 한 잔의 술로써 경혼조의 일체합심(一體合心)을 맹세할까 한다."

경혼조원들은 그의 말뜻을 이해하느라 크게 뜬 눈을 깜빡이면서 그의 손에 쥐어진 술잔을 쳐다보았다.

다음 순간 경혼조원들은 일제히 술병과 술잔으로 몸을 날리면서 악을 쓰듯 외쳐 댔다.

"비켜! 내가 먼저야!"

"술잔 어디 있어? 어서 술을 부어라!"

"이, 일체합심이다! 어, 어서 술잔을!"

진검룡과 경혼조원 열다섯 명은 넘치는 술잔을 들었다.

문득 진검룡이 옥청을 쳐다보았다.

"그대는 건배하기 싫소?"

"네?"

"하기 싫으면 하지 않아도 좋소."

"하, 할 거예요!"

경혼조만 건배를 하는 줄 알고 가만히 앉아 있던 옥청은 비명을 지르며 허둥대면서 술잔을 들어 올렸다.

진검룡은 엄숙한 표정으로 잔을 높이 들어 올리며 약간 목소리를 높였다.

"경혼조는 죽는 날까지 하나다."

경혼조원 모두의 얼굴에 햇살 같은 기쁨과 파도 같은 격동이 넘쳐흘렀다.

그리고 그들은 입을 모아 우렁차게 외치며 잔을 높이 들어 올렸다.

"경혼조는 죽는 날까지 하나다—!"

경혼조원 모두의 눈에서 폭포 같은 눈물이 쏟아졌다.

진검룡과 경혼조원들이 술잔을 입으로 가져갈 때 옥청이 다급히 외쳤다.

"오, 옥청은 죽는 날까지 검랑하고 하나다!"

그러자 모두들 놀란 얼굴로 옥청을 주시했다.

옥청은 얼굴이 새빨개져서 술잔을 내민 채 얼른 고개를 푹

숙였다.

쨍!

그때 옥청의 잔에 누군가의 잔이 가볍게 부딪쳐졌다.

"아……."

고개를 든 옥청은 진검룡이 잔을 부딪치고 빙그레 미소 짓고 있는 것을 발견하고 가슴이 마구 두근거렸다.

"건배!"

기다리기 지루한 낭랑이 외치자 모두 잔을 입으로 가져가 단숨에 비웠다.

진검룡이 빈 잔을 내려놓으며 말했다.

"이제부터 내가 어떻게 했으면 좋겠느냐? 너희의 의견에 따르겠다."

그가 자신의 운명을 다른 사람의 결정에 맡기기는 생전처음이다.

아니, 두 번째다. 승화문 사건 이후 그의 운명은 남에게 맡겨졌다가 진원분타의 조장으로 외천됐었다. 그것이 첫 번째다.

경혼조원의 얼굴이 긴장으로 물들었다. 그들은 이미 마음속으로 어떤 생각을 하고 있었으나 먼저 말을 꺼내는 것을 두려워하는 듯했다.

"혈우당하고 싸워요."

그때 전혀 예기치 않았던 무악이 불쑥 말하자 모두의 시선이 그에게 집중됐다.

무악은 눈을 똑바로 뜨고 진검룡을 주시하며 흔들림없이 단호하게 말했다.

"사부님께선 정의로우신 분입니다. 당연히 천하와 무림을 위해서 혈우당을 멸해야 합니다."

"찬성합니다!"

"속하도 찬성합니다!"

경혼조원은 우르르 손을 들었다. 단 한 사람, 동풍을 제외하고는.

낭랑이 동풍에게 눈을 부라렸다.

"야, 동풍! 너는 왜 손 안 드는 거야? 조장이 우리와 함께 혈우당하고 싸우는 것이 싫어?"

"싫다."

그런데 동풍은 뜻밖에도 단호하게 고개를 가로저었다.

"이 자식이!"

낭랑은 술잔을 내려놓자마자 동풍에게 달려들어 거칠게 와락 멱살을 잡았다.

"왜 너 혼자만 반대하는 거야? 넌 경혼조원 아냐?"

"으으… 조장님은 할 만큼 하셨다."

낭랑이 너무 세게 멱살을 쥔 바람에 동풍은 얼굴이 새빨개져서 겨우 말했다.

"무슨 개소리야? 조장이 뭘 해?"

"조… 장님은 왜 남을 위해서 희생을 해야만 하는 거냐?"

"뭐?"

낭랑은 얼핏 멍한 표정을 지으며 동풍의 멱살을 쥔 손에서 힘이 빠져나감을 느꼈다.

탁!

동풍은 낭랑의 손을 거칠게 뿌리치며 모두를 둘러보면서 항의하듯 외쳤다.

"조장님은 청룡검신으로서 수년 동안 천하와 무림을 위해서 헌신하셨다! 우리 모두는 청룡검신이 얼마나 많은 악인을 죽였으며 얼마나 많은 위대한 업적을 이루었는지 잘 알고 있다! 그래서 그로 인하여 수많은 사람들이 목숨을 건지고 또한 절망에서 빠져나왔다! 조장님께선 헤아릴 수 없이 많은 사람들의 행복을 지켜주셨다는 말이다!"

조원들은 언제나 조용하기만 한 동풍이 지금처럼 흥분해서 소리치는 것을 처음 본다.

"그런데 사람들은 청룡검신 개인의 행복에 대해서는 별로 관심이 없는 것 같다! 사람이란 누구나 행복하게 살기를 원한다! 청룡검신도 행복하게 살 권리가 있다! 사람들은 도대체 언제까지 청룡검신의 희생을 강요할 생각인 것이냐?"

조원들은 멍해졌다. 동풍의 말은 구구절절 옳다. 오늘날 진검룡이 이 지경이 된 것도 따지고 보면 천하와 무림을 위해서 뼛골 빠지게 희생하고 헌신했기 때문이다.

그가 위대한 영웅이 되지 않았으면 혈우당이 그를 끌어들이려고 음모를 꾸미지도 않았을 것이다.

그런 진검룡이 이제는 편히 쉬도록 해야 한다는 동풍의 말이 백 번 옳다.

그는 다른 사람들보다 행복해질 자격이 충분하다. 그런데도 사람들은, 아니, 진검룡의 가장 가까운 사람이라는 경혼조원들마저도 그가 계속 희생하기를 원하고 있다. 그것은 철저한 모순이다.

동풍은 더욱 목소리를 높였다. 그는 분노한 것 같았다.

"우리도 다를 바 없다! 아니, 우린 더 지독한 놈들이다! 순전히 우리를 위해서 조장님을 붙잡고 있지 않은가? 조장님 개인의 행복을 위해서 우린 뭘 했느냐? 어떻게 해야지만 진정 조장님을 위한 것인지 누가 생각이나 해봤느냐?"

모두의 얼굴에 폭풍 같은 뉘우침이 휘몰아쳤다. 입이 백 개라도 할 말이 없다.

그렇다. 경혼조원들은 여태까지도 그래 왔고, 지금 이 순간까지도 진검룡의 희생을 요구하고 있다. 또한 자신들의 이득과 이기심을 위해서 진검룡이야 어떻게 되든 말든 그를 닦달하고 있는 것이다.

동풍은 어금니를 힘껏 악물었다가 핏발이 곤두선 눈으로 조원들을 쓸어보며 뇌까렸다.

"우리는 이제 그만 욕심을 거두고 조장님을 놓아드려야 한다고 생각한다."

또다시 침묵이 흘렀다. 이번에는 뉘우침과 후회와 회한의 침묵이다.

모두들 죄스러움 때문에 진검룡의 얼굴을 쳐다보지 못하고 고개를 떨어뜨렸다.

무악이 고개를 들고 진검룡을 바라보며 비 오듯이 눈물을 흘렸다.

"용서하세요, 사부님. 저는… 흑!"

그는 너무 미안해서 말을 잇지 못했다. 그는 조금 전에 경혼조원 중에서 제일 먼저 '사부님은 정의로운 분이기 때문에 천하와 무림을 위해서 당연히 혈우당과 싸워야 한다'고 외쳤다.

그러나 그가 조금 빨리 말했다는 것뿐이지 동풍을 제외한 조원 모두는 그와 대동소이했다.

"악아, 괜찮다."

진검룡은 빙그레 미소 지으며 손을 뻗어 무악의 머리를 부드럽게 쓰다듬었다.

진검룡은 온화한 표정으로 조원들을 둘러보고 나서 조용한 목소리로 말했다.

"내 행복은 너희들과 함께 있는 것이다."

"주군……."

"조장님……."

조원들은 가슴이 콱 막히고 눈물이 핑 돌았다.

진검룡의 미소가 더 짙어졌다.

"그러므로 너희들과 무엇을 하든 그것 또한 내 행복이다."

경혼조원들은 진검룡이 어째서 대인(大人)인지 조금쯤은 알 것 같았다.

진검룡과 옥청, 경혼조원들은 화기애애하게 웃고 떠들면서 술을 마셨다.

이들의 화젯거리는 무궁무진했다. 함께 동고동락을 한 반 년 동안 많은 일을 함께 겪었기 때문이다.

"하하하! 조장님 처음에 진원분타에 오셨을 때 관웅이 껄떡거리다가 팔 부러질 뻔했던 것 기억나는군!"

와평이 웃으면서 말하자 주소영이 손바닥으로 탁자를 두드리며 깔깔거렸다.

"호호호호! 그래, 맞아! 장관웅 저 멍청이가 사부님에게 게먹으려다가 된통 당하고는 금방 꼬랑지 내렸었어! 세상에 청룡검신에게 한번 해보자고 덤비는 어리석은 놈이 있다니! 아하하하!"

장관웅이 벌쭉 웃으며 주소영을 쳐다보았다.

"그러는 넌 건물 뒤에서 조장님에게 암기 던지면서 까불다가 오줌 쌌었잖아."

"엑? 그, 그게 무슨 소리야?"

"우헤헤, 진원분타 경혼조 편좌방 건물 뒤쪽으로 구멍이 하나 뚫려 있는 거 모르는구나?"

주소영의 얼굴이 노래졌다.

"그… 럼 나 옷 갈아입는 것도 봤어?"

"그럼 봤……."

빡!

"캑!"

장관웅은 헤벌쭉 웃다가 이마빼기를 호되게 한 대 얻어터지고 뒤로 자빠졌다.

第六十七章
신무림(新武林) 보천신계(普天新界)

大中原

곤명지부주 강무교의 집무실인 검우각 대전에 일단의 사람들이 모여 있다.

한쪽에는 진검룡과 그 뒤에 열다섯 명의 경혼조원, 그리고 아미파의 혜승, 혜원, 한송이 늘어서 있고, 맞은편에는 강무교와 고명, 적설, 그리고 곤명지부의 열 명의 당주, 즉 십룡당주가 나란히 서 있다.

그런데 강무교를 비롯한 열세 명은 마치 똑같이 정수리에 벼락을 직격으로 맞은 듯한 표정을 짓고 있었다. 한마디로 멍한 표정이다.

한참 만에 강무교가 아미파의 새로운 장문인이 된 혜승을 쳐다보며 의아한 표정으로 물었다.

"장문인께서 조금 전에 뭐라고 말씀하셨습니까?"

진검룡의 왼쪽 뒤에 서 있는 혜승은 그를 가리키며 엄숙한 표정으로 말했다.

"이분이 청룡검신이라고 말했소."

"장문인께선 무슨 농담을……."

강무교는 혜승과 진검룡을 번갈아 보면서 어색하게 웃으며 땀을 흘렸다.

말의 내용으로 미루어 농담이 분명하다고 생각했다. 경혼 조장이 무림의 절대자 청룡검신이라니, 어디 말이나 될 법한 소린가.

혜승이 강무교를 주시하며 엄숙하게 말했다.

"지부주는 지금 빈니가 농담하는 것으로 보이오?"

"그럼……."

"이분은 얼마 전까지 천의맹 낙양총부 청룡검대주였소. 음모에 빠져서 이곳으로 외천되셨다는 말이오."

강무교 등은 비로소 조금씩 정신을 차리기 시작했다.

강무교는 복잡한 표정으로 진검룡을 쳐다보았다.

"진 조장……."

그러나 입에 밴 '진 조장'이란 호칭이 그냥 흘러나왔다.

진검룡은 조용한 어조로 말문을 열었다.

"그동안 신분을 감춰서 미안하네."

마침내 진검룡의 입에서 혜승의 말을 인정하는 말이 나오자 강무교와 모두의 얼굴이 해쓱하게 변했다.

"맙소사……."

그동안 자신들이 겪었던 진검룡의 범상하지 않았던 행동들이 그들의 뇌리로 주마등처럼 빠르게 스쳐 갔다.

그가 일개 조장 같은 지위에 있을 사람이 아니라는 생각은 했으나 설마 청룡검신이었을 줄이야 꿈에서도 상상하지 못했다.

털썩!

그때 고명과 적설이 무너지듯 진검룡을 향해 무릎을 꿇고 이마를 바닥에 대며 떨리는 소리로 말했다.

"속하 청룡검대주를 뵈옵니다!"

"나는 이곳으로 외천된 일개 조장이니 더 이상 청룡검대주가 아닐세."

진검룡의 말에 강무교가 급히 부복하면서 떨리는 목소리로 말했다.

"그러셔도 속하들에게는 영원히 청룡검대주이십니다!"

그들 뒤쪽에서 십룡당주도 앞 다투어 부복하며 머리를 조아렸다.

검우각 대회의실에는 조금 전 대전에 있던 사람들이 다 모여 있었다.

상석에는 진검룡이 혼자 앉았고, 앞쪽 좌우에는 혜승과 혜원, 한송이 차례로 앉았으며, 진검룡 뒤에는 부상쾌가 당당한 자세로 서 있다.

그리고 경혼조원 열네 명은 혜승과 혜원, 한송 뒤쪽에 두 줄로 부챗살처럼 펼쳐서 늘어서 있다.

또한 진검룡과 혜승 등의 앞쪽에는 강무교 등이 서로 마주 보는 자세로 의자에 꼿꼿하게 앉아 있다.

강무교 등은 진검룡이 있는 곳에서 감히 앉을 수가 없다고 한사코 사양했으나 끝내는 진검룡의 고집을 꺾지 못하고 앉아야만 했다.

조금 전에 동풍의 말이 끝났다. 그는 모두에게 진검룡이 천의맹 낙양총부에서 하루아침에 진원분타 조장으로 외천된 이유와 혈우당에 대해서 자세히 설명했다.

동풍은 경혼조원 중에서 학식이 가장 높고 언변이 뛰어나기 때문에 예전부터 경혼조를 대변하는 일은 종종 그가 담당했다.

강무교 등의 놀라움은 엄청났다. 그들은 한참이 지나서야 간신히 정신을 수습했다.

"청룡검신께선 어떻게 하실 생각이십니까?"

강무교가 조심스럽게 묻자 모두들 긴장된 표정으로 진검룡을 주시했다.

진검룡은 짧게 대답했다.

"나는 혈우당과 대적할 생각이다."

"아……."

강무교 쪽에서 몇몇 사람이 한숨인지 탄성인지 모를 소리를 흘려냈다.

천의맹과 구대문파를 장악했으며 마도와 사파에도 영향력을 끼치고 있는 혈우당과 대적하겠다는 것이다. 어찌 보면 그것은 무림 전체와 싸우겠다는 말이기도 하다.

강무교는 바짝 긴장했다.

"어떤 식으로 싸우실 계획이십니까?"

현재 진검룡이 있는 곳이 곤명지부이므로 당연한 질문이다.

진검룡은 진지한 표정으로 대답했다.

"지금 내게는 경혼조와 아미파뿐이다. 만약 곤명지부와 곤명총부의 힘을 빌릴 수 있다면 함께 난국을 타개하고 싶다."

그 말에 강무교 등은 놀라지 않았다. 짐작하고 있었기 때문이다. 다만 긴장감이 더해질 뿐이다.

긴장감은 강무교 등이 있는 곳만 터질 듯이 팽팽했다. 진검룡과 경혼조원, 아미승들은 느긋한 모습이다. 그들은 이미 결정을 내렸기 때문이다. 강무교 등이 협조하지 않아도 자신들끼리 싸우기로.

잠시 후 강무교는 진검룡에게 깊이 고개를 숙였다.

"제가 곤명지부주이기는 하지만 그와 같은 큰일에 저의 명령만으로 곤명지부나 곤명총부의 무사들을 강제로 동원할 수는 없습니다."

　진검룡은 가볍게 고개를 끄덕였다.

　"이해한다."

　진검룡이라도 지금 강무교처럼 말했을 것이다. 모름지기 우두머리는 수하의 목숨을 소중히 여겨야만 한다.

　강무교는 고명과 적설, 십룡당주들을 향해 몸을 돌리고 예의 강직한 표정으로 말했다.

　"지금부터 여러분은 청룡검신의 결정을 따를 것인지 말 것인지를 순전히 자신들 의지로 결정하도록 하라."

　그의 말이 떨어지자마자 적설이 벌떡 일어나 진검룡을 향해 포권하며 깊숙이 허리를 굽혔다.

　"평소 가장 존경하던 청룡검신을 모시고 악을 응징하게 된다는 것은 삼생(三生)의 광영입니다."

　간발의 차이로 고명이 일어나 허리를 굽히고 웅혼한 목소리로 외쳤다.

　"두 번 생각할 것도 없습니다! 고명은 목숨을 바쳐 청룡검신을 따르겠습니다!"

　뒤이어 흑룡당주 원익과 창룡당주 전술, 잠룡당주 양구를 필두로 십룡당주 열 명이 모두 일어나 진검룡을 향해 깊숙이 허리를 굽히며 쩌렁쩌렁한 목소리로 입을 모았다.

"거두어주시면 목숨을 바치겠습니다!"

진원분타에 있던 창룡당주 전술과 진검룡의 직속상전이었던 추혼향주 양구는 곤명지부로 불려와 각기 창룡당주와 잠룡당주를 맡고 있었다.

이제 남은 사람은 강무교뿐이다. 그는 뿌듯한 표정으로 일어나서 수하들을 둘러보았다.

"이런 훌륭한 호걸들이 내 곁에 있다는 사실이 새삼 자랑스럽군."

이어서 진검룡을 향해 공손하게 포권지례하며 깊이 허리를 굽혔다.

"강무교는 청룡검신을 주군으로 모시겠습니다."

이어서 강무교를 비롯한 열세 명이 일제히 바닥에 부복하며 입을 모아 외쳤다.

"주군!"

거대한 성채 곤명총부 내에서 가장 넓은 대광장에 수많은 무사들이 도열해 있다.

모두 이만 오천여 명이라는 엄청난 수다. 사황벌 징강지부와 안순지부가 곤명총부에 합류함으로써 운남성과 귀주성의 거의 모든 사파가 대거 모여들었고, 그 이후에도 각지에서 소규모 방, 문파들이 꾸준히 운집하여 현재 이만 오천여 명에 이른 상황이다.

이만 오천여 명은 두 개의 거대한 대열로 도열해 있으며, 오른쪽은 천의맹 곤명지부와 귀주성 귀양지부 휘하의 일만 팔천여 명이고, 왼쪽은 사황벌 징강지부와 안순지부 휘하의 칠천여 명이다.

두 개의 대열은 오 장여의 거리를 두고 멀찌감치 뚝 떨어져 있는 상태다.

비록 사황벌이 환란을 피해서 곤명총부로 피신하여 일신을 의탁하고 있는 신세이긴 하지만, 사황벌과 천의맹은 원래 천적(天敵)이라 물과 기름처럼 섞이지 않는 존재들이다.

현재는 수적으로 두 배 이상 많은데다 곤명총부를 자기 집 안방으로 삼고 있는 천의맹 쪽이 사황벌 쪽을 괄시하고 핍박하는 추세다.

하지만 수적인 열세에도 불구하고 사황벌 쪽 사람들은 모든 면에서 기죽지 않고 또 꿀리지 않으려고 필사적으로 발버둥 치고 있다.

사람이란 둘만 모여도 으르렁거리는데, 하물며 근본이 다른 두 파벌 이만 오천여 명이 모여 있으니 곤명총부 내에서는 사건과 사고가 하루에도 수십 건씩 끊이지 않고 벌어지고 있는 상황이다.

그런데 곤명총부의 이만 오천여 명이 지금처럼 한곳에 한꺼번에 모인 적이 한 번도 없었기 때문에 모두들 적잖이 긴장한 표정으로 전방의 비어 있는 단상을 주시하면서 수군거리고 있었다.

더구나 이만 오천여 명의 앞쪽에는 곤명지부 십룡당 직계 휘하의 천여 명이 도열해 있었다.

그들은 곤명총부의 이만 오천여 명에게 발도산검파를 가르치고 있으므로 사부 같은 존재들이며, 이곳의 정예무사들이라고 할 수 있다.

곤명지부 십룡당 각 당 앞에는 십룡당주들이 늘어서 있고, 그들의 전면에는 총당주 적설과 총관 고명이 당당한 모습으로 단상을 향해 나란히 서있다.

그리고 천의맹 쪽 일만 팔천여 명과 사황벌 쪽 칠천여 명은 각 방, 문파와 조직별로 서 있으며, 각 대열 앞에는 그 조직의 우두머리들이 서 있다.

저벅저벅.

그때 단상 뒤쪽 구층의 거대한 대전각(大殿閣) 영웅전(英雄殿)에서 일단의 무리가 당당한 모습으로 걸어나왔다.

모두의 시선이 일제히 영웅전 대전 입구로 향했고, 일순 쥐 죽은 듯이 조용해졌다.

선두에는 모두가 알고 있는 강무교가 걸어나오고 있고, 그 뒤를 진검룡과 혜승, 혜원, 한송이, 그리고 마지막에 경혼조원이 당당하게 따라 나오고 있었다.

얼마 전에 자허 신니의 다비식에 곤명총부의 무사 거의 대부분이 참가했기 때문에 혜승과 혜원, 한송이 누군지, 그리고 곤명지부에 왜 왔는지는 대충 알고 있다.

그때 무사들 속에서 술렁거림이 일었다. 경혼조장의 모습을 알고 있는 소수의 무사들이 진검룡을 가리키면서 그가 누구인지 설명하고, 또 그것이 급속도로 퍼져 나가고 있기 때문이다.

곤명지부주인 강무교보다 경혼조장인 경혼협객이 더 유명한 인물이라는 사실은 새삼스러운 일이 아니다.

곤명성을 중심으로 벌어진 모든 사건의 해결 뒤에는 경혼협객이라는 별호가 버티고 있었다.

그리고 이번 보도하 강변에서 아미승들을 구한 것이 경혼협객이라는 소문이 퍼지자 그의 명성은 하늘을 찌를 정도가 되었다.

운집한 모든 무사의 시선이 진검룡 한 사람에게만 집중되었고, 그의 훤칠하고 당당한 실제 모습을 처음 본 무사들은 감탄을 금치 못했다.

또한 무사들의 시선은 진검룡의 뒤를 따르고 있는 열다섯 명 경혼조원들의 모습을 한 사람씩 차례로 보면서 손으로 가리키며 저게 누구고, 또 저게 누구라는 식으로 설명하고 듣기에 바빴다.

이즈음의 경혼조원들은 진검룡만큼은 아니지만 그래도 대단한 명성을 누리고 있었다.

또한 말하기 좋아하는 사람들은 벌써 경혼조원 각자에게 일일이 별호를 지어주었다.

그리고 그 별호들은 무적의 경혼조 얘기가 나올 때마다 빠지지 않고 들먹여졌다.

진검룡을 비롯한 열다섯 명의 경혼조원이 똑같이 먹처럼 검은 흑의를 입고 있는 것 또한 모두의 눈을 사로잡았다.

경혼조 여자 조원 여섯 명의 뛰어난 미모에 무사들은 입을 다물지 못했다.

그중에서도 단연 군계일학의 절대적인 미모를 지닌 단은한과 그녀하고는 또 다른 미모를 지닌 부상쾌, 고선에게 시선이 집중되었다.

특히 단은한이 단왕가의 금지옥엽이라는 사실과 고선이 그 유명한 한매선이라는 것을 수군거리면서 벌린 입을 다물지 못했다.

모두 제자리에 정렬하자 강무교는 단상에 올라서서 우렁찬 목소리로 입을 열었다.

"지금부터 내가 하는 말을 한마디도 빠뜨리지 말고 잘 듣기 바란다!"

이어서 그는 혈우당에 대해서 이야기를 시작했으며, 혈우당이 청룡검신을 포섭하기 위해서 산동성 승화문을 멸문시켜 그에게 죄를 뒤집어씌웠고, 결국 그를 벽촌으로 외천시킨 사실을 빠짐없이 설명했다.

난데없는 충격적인 사실에 이만 오천여 명은 대경실색하면서 쥐 죽은 듯이 조용히 귀를 기울였다.

강무교는 이번에는 사천성과 귀주성이 마도 혈마련 수중에 거의 떨어진 상황이며, 머지않아서 이곳 곤명성이 혈마련의 다음 표적이 될 것이라는 사실을 비교적 자세히 설명했다.

무사들은 현재의 상황에 대해서 어느 정도는 알고 있었지만 이렇게 조목조목 자세히 알게 되기는 처음이다.

그래서 극도로 긴장한 표정을 지으며 입을 벙긋할 생각도 하지 못했다.

강무교는 마지막으로 자신과 곤명지부 총관, 총당주, 십룡당주, 아미파, 그리고 경혼조가 합심하여 미구에 닥칠 환란에 대처하고 또 혈우당을 척멸하기로 결정했다는 것으로 긴 설명의 끝을 맺었다.

아니, 아직 마지막 말이 남았다.

"이제부터 여러분은 우리와 함께 행동할 것인지 아니면 이곳을 떠날 것인지를 결정해야만 한다!"

이만 오천여 명의 무사들에게는 청천벽력 같은 선포가 아닐 수 없다.

이들 모두는 미구에 닥쳐올 혈마련과의 대결전을 위해서 매일 발도산검파라는 굉장한 박투술을 수련하고 있는 것이라고 알고 있었다.

혈마련이 공격한, 아니, 침공한 귀주성과 사천성이 어떻게 됐는지도 모두들 잘 알고 있었다.

그래서 곤명성과 운남성을 지킨다는 것보다는 자신들이 살아남기 위해서라도 사력을 다해서 발도산검파를 수련한 후에 혈마련과 싸워야 한다고 각오를 다졌다.

그런데 혈우당이라는 전혀 새로운 난제가 느닷없이 등장한 것이다.

어떻게 보면 혈우당은 이곳의 무사들하고는 전혀 관계가 없는 사건일 수도 있다.

이들이 나중에 혈우당과 맞닥뜨리게 되더라도 말 그대로 그것은 나중의 일이다. 지금 발등의 불은 혈마련의 공격에 대비하는 것이다.

그때 모두들 놀라운 광경을 목격했다. 경혼조장이 단상으로 올라오자 강무교가 공손히 허리를 굽히면서 최대의 예를 취하는 광경을 목격한 것이다.

이어서 강무교는 허리를 펴더니 무사들을 향해 우뚝 서서 공손히 경혼조장을 가리켰다.

"청룡검신이시다!"

잠시 조용하더니 술렁거리기 시작했다. 강무교의 말을 믿는다기보다는 그가 왜 갑자기 쓸데없는 농담을 하느냐는 듯한 술렁거림이다.

그러자 강무교가 눈을 부릅뜨고는 쩌렁쩌렁한 목소리로

다시 외쳤다.

"모두 정신 똑바로 차리고 이분을 봐라! 청룡검신이시다!"

그의 외침이 드넓은 광장 구석구석까지 퍼져 나갔다.

무사들은 이번에는 술렁거리지 않았다. 강무교가 쓸데없는 소리를 똑같이 두 번씩이나 하지는 않을 것이라고 생각했기 때문이다.

또한 강무교는 지나칠 정도로 정색을 하고 우렁차게 외쳤다. 그의 표정은 절대로 농담이 아니었다.

그때 혜승이 단상으로 올라와서 진검룡 옆에 서서 무사들에게 합장을 해 보였다.

"아미타불! 빈니는 아미파 장문인 혜승이오!"

그녀는 진검룡을 가리켰다.

"청룡검신 진검룡 시주께서 여러분에게 하실 말씀이 있다고 하오!"

강무교가 진검룡이 청룡검신이라고 두 번이나 강조한 것보다 혜승이 한 번 말하는 것이 훨씬 효과가 컸다.

이만 오천여 명의 무사들은 숨소리도 내지 않고 진검룡을 주시했다.

그중에서도 사황벌 무사들 앞쪽에 서 있는 두 사람, 징강지부주 귀야도 막화와 총당주 사명창 양곤은 놀라면서도 감격 어린 표정을 짓고 있었다.

두 사람은 진검룡이 징강지부에 찾아왔을 때, 그리고 그와 함께 천의맹 귀양지부에 잠입하여 혈마련의 존재를 확인할 때 그의 신적인 무공과 공명정대함, 그리고 신중함을 충분히 경험했다.

그래서 귀야도 막화는 형제나 다름이 없는 혼야도 관보를 추방까지 하면서 진검룡을 따라서 이곳 곤명총부로 왔던 것이다.

막화와 양곤은 진검룡이 비록 적이지만 마음속으로 깊이 존경하게 되었다.

그러므로 진검룡이 청룡검신이라는 말을 듣고는 추호도 의심하지 않고 그 말을 믿었다.

진검룡은 이만 오천여 명의 시선을 한 몸에 받으면서도 흔들림없는 모습으로 나직한 목소리로 말문을 열었다.

"나를 비롯한 여러분 모두는 여태까지 남에게 휘둘리는 삶을 살아왔소."

그의 목소리는 작았으나 가장 뒤쪽에 서 있는 무사에게까지 똑똑하게 들렸다.

심후한 공력이 실린 목소리라서 그러기도 했으나, 말의 내용이 귀가 아닌 가슴을 흔들고 있었기 때문이다.

진검룡의 얼굴에 강인함이 떠올랐고, 그의 조용한 목소리에는 진심이 가득 담겨 있었다.

"이제는 그렇게 살지 맙시다. 이제부터는 우리가 우리 삶의 주인이 되는 삶을 삽시다."

이곳에 있는 무사들은 평생을 누군가의 수하로 살아왔거나 어딘가에 속한 휘하 방, 문파였으며, 아니면 숨도 크게 못 쉬고 살아온 사람들이 절대 다수다.

그렇기 때문에 진검룡의 말이 절절히 가슴에 꽂혔다. 이들 모두의 꿈이 있다면, 자신들을 속박하고 명령을 내리는 그런 것들로부터 자유롭고 싶다는 것이다.

"당금의 무림은 썩을 대로 썩었소. 천의맹도, 사황벌도, 혈 마련도 욕심과 이기심, 비열함으로 뭉쳐져 있소. 그리고 그들을 벌하겠다고 나타난 혈우당마저도 선을 가장한 악의 무리일 뿐이오."

이만 오천여 무사들은 자신도 모르는 사이에 주먹을 움켜쥐고 얼굴을 잔뜩 찌푸리면서 고개를 끄덕였다.

진검룡의 목소리는 처음이나 똑같이 잔잔했으나 무사들의 귀에는 점점 더 크게 들렸다. 그들의 가슴을 후련하게 만드는 말이었기 때문이다.

"나는 내 개인의 원한에 여러분을 이용할 생각이 추호도 없소. 다만 나와 여러분이 함께 살아나갈 방법을 찾고 싶을 뿐이오."

그 말은 평범한 자의 입에서 나오는 그렇고 그런 평범한 말이 아니다.

무림의 최고 정점에 서 있던 절대자 청룡검신의 입을 통해서 이만 오천여 명의 지극히 평범하거나 하잘것없는 무사들의 심장 속으로 비수처럼 꽂혀드는 영혼의 소리였다.

그때 이만 오천여 무사들 속에서 누군가 외쳤다.

"청룡검신이시여! 방법을 가르쳐 주십시오!"

무사들의 시선이 방금 말한 사람에게 집중되었다.

그렇게 말한 징강지부주 막화는 간절하고도 공손한 표정으로 진검룡을 주시하고 있었다.

무사들은 사황벌 징강지부주가 그렇게 물었다는 사실에 크게 동요했다. 그리고는 자신들도 본심을 감출 필요가 없다는 것을 깨달았다.

진검룡은 담담한 시선으로 막화를 쳐다보았다.

"징강지부주, 자네는 자신의 삶을 살고 싶은 것인가?"

방금 말한 사람이 누군지 볼 수 없었던 무사들은 진검룡의 말을 듣고 그가 징강지부주라는 사실을 알게 되었다.

"그럴 수만 있다면 진심으로 그렇게 살고 싶습니다!"

모두가 막화와 같은 심정이었다. 누구에게도 휘둘리지 않는 삶을 살고 싶었다. 부지런히 일한 만큼 대가를 얻고, 나만 떳떳하면 어느 누구에게도 굽실거리지 않아도 되는 그런 정직한 삶을 말이다.

"그런 방법이 있습니까? 가르쳐 주십시오!"

막화의 물음에 진검룡은 잠시 침묵을 지켰다가 조용히 입을 열었다.

"우리가 무림을 만들면 된다. 우리만의 무림을."

그 말을 듣는 순간 이만 오천여 명은 적잖이 놀라는 표정을 지었다.

"낙양이나 북경, 무창이나 항주가 아닌, 이곳 곤명성에서 새로운 무림을 탄생시키는 것이다."

"아아……!"

"오오, 새로운 무림을……!"

여기저기에서 탄성이 터져 나왔다.

"그래서 이곳을 중원의 중심으로 만드는 것이고, 우리가 무림 그 자체가 되는 것이다. 이곳에는 정파도 사파도 마도도 없다. 오직 정의(正義)만이 있을 뿐이다."

이만 오천여 명이 들끓는 용암처럼 동요하기 시작했다. 그러나 진검룡의 다음 말을 듣기 위해서 침묵을 지켰다.

진검룡은 오른팔을 치켜들었다.

"나와 함께 새로 탄생하는 무림의 주역이 될 사람들은 이곳에 남아라!"

그의 손이 바깥쪽을 가리켰다.

"그러나 뜻을 달리하는 사람들은 떠나라!"

그의 말이 끝났으나 아무도 환호하지 않았다. 그렇다고 술렁거리지도 않았다.

모두들 엄청난 충격에 빠진 상태에서 뚫어지게 진검룡을 주시하고 있었다.

이곳에는 이만 오천여 명이나 모여 있지만, 바늘 하나 떨어지는 소리마저 들릴 정도로 고요했다.

'과연… 청룡검신이다.'

강무교와 고명, 적설 등은 진검룡이 이만 오천여 명을 몇 호흡 만에 휘어잡는 것을 보고 경탄을 금치 못했다.

*　　　*　　　*

곤명성에 새로운 무림, 즉 신무림(新武林)이 탄생했다.

신무림의 이름은 '보천신계(普天新界)'라고 한다. 하늘 아래의 온 세상으로써 새로운 세계라는 뜻이다.

곤명성, 아니, 운남성이 천지개벽(天地開闢)했다. 백성들은 이참에 대명제국에서 벗어나 새로운 나라를 세우자고 목소리를 높일 정도로 환영했다.

모든 것이 완벽할 수는 없다. 진검룡, 아니, 청룡검신의 주도하에 신무림을 탄생시키는 대업(大業)에도 반대하는 사람들이 있었다.

그들은 곤명총부의 이만 오천여 명 중에서 천오백여 명에 달했으며, 사흘에 걸쳐서 차례로 곤명총부를 떠났다.

그리고 그들의 입을 통해서 운남성에 신무림 보천신계가 탄생했다는 소문은 삽시간에 천하로 퍼져 나갔다.

그로 인해서 운남성, 아니, 보천신계에 여러 가지 변화가 생겼다.

첫 번째는 무림인들이 새로운 무림 보천신계로 모여들기 시작했다는 사실이다.

처음에는 귀주성과 사천성에서 혈마련에게 당하지 않았거나 당한 방, 문파의 생존자들이 하루에 수십 명 수준으로 모여들었다.

혈마련은 제일 먼저 귀주성과 사천성의 천의맹, 사황벌 지부, 그리고 아미파를 급습하여 괴멸시켰다.

이후 수하나 문하 제자가 이백 명 이상의 중간급 이상의 방, 문파들을 짓밟았다.

혈마련은 투항하는 방, 문파는 자신들 세력으로 흡수했고, 반항하면 가차없이 괴멸시켰다.

이백 명 이하의 소규모 방, 문파나 무도관들은 혈풍의 직격(直擊)은 피할 수 있었으나 그렇다고 무사하지는 못했다.

혈마련이 중간급 방, 문파를 처리한 이후 소규모 방, 문파들을 차례차례 장악해 나가기 시작한 것이다. 물론 흡수에 저항하면 여지없이 짓밟아 버렸다.

진검룡이 정식으로 보천신계 탄생을 선포하고 열흘쯤 지났을 무렵, 귀주성과 사천성에서 보천신계로 몰려드는 무림인의 수는 하루 삼사백 명 수준으로 불어났다.

그러더니 한 달이 지날 무렵부터는 귀주성 너머의 호남성(湖南省)과 호북성(湖北省), 강서성(江西省)에서 무림인들이 모여들더니, 두 달이 지날 시기부터는 운남성 너머의 섬서성(陝西省)

과 감숙성(甘肅省), 심지어는 천의맹 낙양총부가 있는 하남성 등지에서도 무림인들이 모여들었다.

무림인의 운집은 보천신계 탄생 이후 석 달째부터 절정을 이루기 시작했으며, 하루에 평균적 무려 천오백여 명까지 꼬리를 물고 보천신계로 들어왔다.

그런 현상은 두 가지 원인으로 볼 수 있다. 그동안 무림인들이 천의맹이나 사황벌에 불만이 많았다는 것이고, 또 하나는 청룡검신의 정의로운 명성이 구주팔황에 널리 퍼져 있다는 사실이다.

보천신계 탄생 이후의 두 번째 변화는 귀주성과 사천성을 거의 장악한 혈마련이 감히 보천신계를 넘보지 못하게 되었다는 사실이다.

이유는 두 가지 때문일 것으로 짐작된다. 첫째는 청룡검신이 버티고 있다는 것이고, 둘째는 보천신계가 하루가 다르게 세력이 급성장, 아니, 급팽창하고 있기 때문이다.

혈마련 총본련은 귀주성과 사천성에 파견한 혈마련 직속 조직들과 그곳에서 흡수, 장악한 세력만으로는 보천신계를 공격할 수 없다는 결론을 내린 듯했다.

세 번째는 변화라기보다는 사건에 가까운데, 곤명성과 운남성에 주둔하고 있는 대명제국의 관(官)과 병(兵)이 보천신계를 곱게 보지 않는다는 사실이다.

오랜 옛날부터 무림과 관은 냇물과 우물물처럼 서로 침범

하지 않는 관계로 이어져 왔다.

하지만 이 땅 중원천하는 명실공히 대명제국의 지배하에 있다.

즉, 대륙에서 벌어지는 모든 일은 대명제국의 허락을 받아야 하며 관리, 감독하에 있어야 한다는 사실이다.

무림과 관이 냇물과 우물물 같은 관계라고는 하지만, 오래 전부터 무림은 이 땅의 제국들이 만들어놓은 틀 안에서만 활동을 해왔다.

다시 말해서 틀을 벗어나는 행동은 일체 하지 않았다는 것이다.

그 틀을 벗어나게 되면 제국은 비로소 무림에 대한 억압을 시작하게 될 것이다.

그런데 보천신계의 탄생을 운남성과 곤명성에 주둔하고 있는 관과 병이 수상쩍은 시선으로 보고 있다.

보천신계의 탄생 이후 수많은 무림인들이 보천신계로 유입되고 있으며, 무림인뿐만 아니라 백성들까지 쌍수를 들고 보천신계에 절대적인 지지를 보내고 있기 때문이다.

이 땅에서는 일찍이 이런 예가 없었다. 이득을 위해서 무림의 방, 문파들이 이합집산(離合集散)을 거듭한 적은 많았으나, 천하 각 지역의 불특정 다수의 무림인들이 한 지역으로 대거 이동하는 경우는 단연코 전무했다.

운남성의 관과 병은 극도로 긴장하여 보천신계를 예의 주시하고 있는 상황이다.

운남성을 지배하고 있는 포정사에게는 하루에도 수백 차례의 보고가 올라가고 있다.

보천신계가 대명제국이 쳐놓은 틀을 벗어나는 행동을 하면 그 즉시 관과 병의 제재가 가해질 것이다.

하지만 다행히도 아직 그런 일은 일어나지 않고 있다. 하지만 보천신계가 뜨거운 감자인 것만은 분명하다.

보천신계 탄생 이후 석 달이 지난 현재 보천신계에 운집한 무림인의 수는 무려 칠만여 명에 달하고 있다. 그런데 그게 끝이 아니다.

지금 현재도 하루에 평균 천오륙백 명의 무림인들이 꾸준히 모여들고 있는 상황이기 때문에 십만을 넘어서는 것은 시간문제일 뿐이다.

대륙에 무림이 생겨난 이래 하나의 조직에 이처럼 많은 무림인이 운집한 예는 전무하다.

문제는 운남성 포정사가 보천신계에 대한 해석을 어떻게 하느냐에 달려 있다.

그가 보천신계를 단지 '무림의 일'이라고 치부해 버리면 별 탈은 없다.

하지만 보천신계가 무림의 틀을 벗어나서 장차 대명제국의 체제를 위협할 '위험한 조직'으로 성장할 가능성이 있다는 해석을 내린다면 사정은 달라진다.

일단 그런 해석을 내리면 대명제국이 움직이게 될 것이다.

그것은 수만, 혹은 수십만 대군이 보천신계를 강제 해산하러 운남성에 파견될 것이라는 사실을 뜻한다.

第六十八章

포정사(布政司)

大中原

곤명지부 검우각 대회의실에 진검룡을 위시한 몇 명이 모여서 보천신계의 현안에 대해서 상의를 하고 있다.

커다란 탁자에는 진검룡과 혜승, 혜원, 한송, 그리고 강무교와 고명, 적설, 막화와 양곤이 둘러앉아 있다.

현재로선 이들이 보천신계의 핵심 인물이라고 할 수 있다.

강무교와 막화 등은 진검룡이나 혜승의 명성에는 크게 미치지 못하는 지부주와 지부의 총관 정도의 인물들이다.

하지만 이들이 보천신계에 운집한 칠만여 명의 무사 중에서 가장 영향력있는 실력자들이다.

칠만여 명 중에서 실력이나 명성이 꽤 있는 인물도 있을지 모르지만 아직 파악이 끝나지 않은 상황이다.

만약 그런 인물이 있다고 해도 이들 강무교 등은 보천신계의 탄생에 주도적인 역할을 했기 때문에 앞으로도 보천신계의 요직에 중용될 터이다.

진검룡은 일각 전부터 몇 장의 종이에 빼곡하게 적힌 글을 읽고 있는 중이다.

그것은 고명이 보름이나 걸려서 작성한 것으로, 보천신계의 새로운 직제(職制)와 편제(編制)에 대하여 망라되어 있었다.

고명은 그것을 작성하기 위해서 많은 고서들을 참고했으며, 곤명성의 여러 학자들을 불러 자문을 구했다.

그는 진지한 표정으로 보고서를 읽고 있는 진검룡을 초조하게 지켜보고 있다. 자신의 역량이 처음으로 시험대에 올라 있기 때문이다.

슥—

"훌륭하군."

이윽고 읽기를 마친 진검룡이 두툼한 보고서를 내려놓으면서 고명을 보며 고개를 끄덕였다.

바짝 긴장하고 있던 고명은 진검룡의 과분한 칭찬이 믿어지지 않았다.

"저, 정말입니까?"

"그렇다. 어디 손볼 곳이 없을 정도로 완벽하다."

"휴우."

무거운 짐을 내려놓은 듯한 고명은 자신도 모르게 길게 한숨을 내쉬고는 깜짝 놀라 급히 고개를 숙였다.

"아, 죄송합니다."

혜숭이 보고서를 읽고 있는 중에 진검룡이 조용히 말했다.

"저 보고서대로 보천신계의 직제와 편제를 정하는 것이 좋겠네. 차질이 없도록 진행하게."

"명을 받듭니다."

강무교와 막화 이하 모두들 깊숙이 고개를 숙였다.

"그리고… 보고서에 있는 삼신계령(三新界令)은 강무교와 막화, 고명 세 사람이 맡도록 하게."

"에엣?"

"주, 주군! 그것은 무리입니다!"

강무교와 막화, 고명은 소스라치게 놀라서 두 손을 마구 내젓고 고개를 세차게 가로저었다.

그들은 고명이 보고서를 진검룡에게 제출하기 전에 미리 자세하게 읽어봤으므로 삼신계령이 어떤 지위라는 것을 잘 알고 있다.

보천신계 전역을 관리, 감독하는 핵심 기구인 총신계(總新界)의 최고 지위는 총위상(總位上)이다.

총위상을 보위(保衛)하는 제이인자가 좌우위상(左右衛上)이며, 좌위상과 우위상 한 명씩 두 명이다.

그리고 세 번째 지위가 삼신계령으로, 각기 총신계의 외신계(外新界), 중신계(中新界), 내신계(內新界)의 우두머리다.

그처럼 막중한 고위직을 진검룡이 강무교와 막화, 고명에게 맡으라고 한 것이니 세 사람이 혼비백산하는 것이 당연하다.

막화가 이마를 탁자에 붙이다시피 숙이고 진검룡에게 진심으로 고했다.

"속하는 사황벌의 인물로서 그런 중책에는 적합하지 않으니 명을 거두어주십시오."

진검룡은 고개를 가로저었다.

"보천신계에는 정파나 사파, 마도가 없다는 사실을 잊은 겐가? 이곳에서는 누구나 평등하다."

막화에 이어서 이번에는 고명이 이마를 탁자에 대고 고사의 의견을 밝혔다.

"속하들은 그럴 만한 재목이 못 됩니다. 일개 지부주와 총관을 했던 자들이 어찌 그처럼 중책을 맡을 수 있겠습니까? 더구나 보천신계에 운집한 칠만여 명 중에는 속하들보다 무위가 고강한 자들이 수두룩할 것입니다. 부디 주군께선 그들 중에서 삼신계령에 마땅한 인물을 골라서 중용하시기를 간구합니다."

진검룡은 고개를 끄덕였다.

"고명의 말은 옳다. 과연 너희는 이곳에 모인 칠만여 명 중에서 뛰어난 자들보다 못한 부분이 많을 것이다."

"그렇습니다. 하오니……."

"그러나 칠만여 명 중에서 단 한 명도 갖고 있지 않은 것들을 너희는 갖고 있다."

"그… 게 무엇입니까?"

세 사람은 자신들에게 그런 것이 있을 리 없다고 생각했으나 오히려 진검룡의 표정이 엄숙해졌다.

"자네들은 보천신계의 탄생을 제일선에서 추진했던 사람들이야. 즉, 보천신계가 태어나도록 물심양면 수고를 아끼지 않았던 산파(産婆)라는 말일세."

"산파……."

"보천신계에서는 무위의 강하고 약함은 중요하지 않다. 중요한 것은 의지와 신념이다. 자네들의 무위가 약한 것은 무위가 강한 자들을 곁에 둬서 보강하면 되네."

황제나 재상은 무위가 강해서 만백성과 백만대군을 거느리는 것이 아니라는 뜻이다.

세 사람이 더 이상 뭐라고 사양할 말을 찾지 못하고 있는데 진검룡이 아예 못을 박았다.

"고명이 외신계령을, 막화가 중신계령, 그리고 강무교가 내신계령을 맡도록 하게."

"주군……."

진검룡은 일사천리로 말을 이어나갔다.

"적설은 좌위령(左衛令)을, 양곤은 우위령(右衛令)의 지위를 맡아라."

"저… 희들이… 말입니까?"

총신계의 두 번째 지위인 좌우위상을 보필하는 지위가 좌우위령(左右衛令)이며 네 번째 지위에 해당한다.

그렇지만 강무교를 비롯한 다섯 명은 조금도 기쁜 얼굴이 아니다.

보천신계를 이끌어갈 막중한 중책인 총신계의 세 번째, 네 번째 지위를 자신들이 어떻게 감당할 수 있을지 막막한 기분이 들었기 때문이다.

그때 혜승이 조용히 불호를 외우며 입을 열었다.

"아미타불… 진 시주는 일시적인 기분으로 시주들에게 그런 지위를 맡으라고 한 것이 아닐 게요. 또한 빈니가 보기에도 이 일은 매우 합당한 것 같소. 다섯 시주께선 각자의 지위를 봉직(奉職)하는 것이 좋을 듯하오."

다섯 사람은 서로의 얼굴을 쳐다보고는 잠시 복잡한 표정을 짓더니 이윽고 강무교가 진중하게 입을 열었다.

"우리가 비록 이 지위를 맡기에는 턱없이 부족하지만 보천신계를 위한 일이라 여기고 몸이 부서져서 가루가 되도록 열심히 해봅시다."

네 명은 묵묵히 고개를 끄덕이고 나서 모두 일어나 탁자 한 옆으로 일렬로 늘어서 옷매무새를 가다듬고는 진검룡을 향해 무릎을 꿇었다.

"내게 절하지 말게."

그런데 진검룡이 손을 저으며 그들을 만류했다. 그리고는 정색으로 말했다.

"나는 총신계를 책임질 총위상에 한 분을 추천하는 바이네. 그분이라면 총신계와 보천신계를 원활하게 이끌 것이라고 확신하네."

그 말에 다섯 사람뿐 아니라 혜승마저도 크게 놀라는 표정을 지었다.

그들은 당연히 진검룡이 총위상을 맡아야 할 것이라고 생각했던 것이다.

운남성이 보천신계이고 예전 곤명총부였던 성채가 총신계다. 즉, 운남성 전역이 신무림인 보천신계가 되는 것이며, 그것을 관리, 감독하는 주체가 총신계인 것이다.

그러므로 총위상은 총신계와 보천신계 전체를 이끌 최고 우두머리인데, 그 자리에 진검룡이 아닌 다른 사람을 추천한다니 놀라지 않을 수가 없었다.

척!

그때 회의실 문이 열리고 부상쾌가 한 걸음 안으로 들어서서 진검룡에게 공손히 허리를 굽혔다.

"주군, 단왕을 모셔왔습니다."

'단왕?

혜승과 다섯 사람은 크게 놀라는 표정을 지었다.

그때 문안으로 단왕 단천뢰가 당당한 걸음으로 성큼성큼 걸어 들어왔다.

"어서 오시오."

진검룡이 자리에서 일어나 미소를 지으며 단천뢰에게 다가가자 혜승도 따라서 일어났다.

"오오, 진 대협!"

단천뢰는 진검룡에게 마주 다가가 더없이 반가운 표정으로 그의 두 손을 덥석 잡았다.

"진 대협이 청룡검신이었다는 말을 듣고 나는 그다지 놀라지 않았소! 처음 진 대협을 봤을 때 청룡검신이라는 사실은 몰랐으나 그에 버금가는 굉장한 인물이라는 것을 한눈에 알아봤으니까 말이오!"

"과찬이시오."

진검룡도 단천뢰의 손을 맞잡고 빙그레 미소 지었다.

"진 대협의 용단에 진심으로 감사를 드리오. 운남성은 진 대협으로 인해서 고래(古來)에 다시없는 융성을 누리게 될 것을 믿어 의심하지 않소이다!"

"그렇게 믿어주시니 감사하오."

자허 신니의 죽음 이후 진검룡은 많이 변했다. 예전의 그는 과묵하고 무심하며 무표정으로 일관했으나, 그로 인해서 자허 신니가 자결했다는 자책 때문에 전혀 다른 사람으로 변해

버렸다.

또한 그의 성격이 변화한 것에 일조를 한 것이 경혼조원 간의 가족 같은 화목함이다.

"그런데 말이오, 나더러 보천신계와 총신계를 맡으라는 것에 대해서는 할 말이 있소."

진검룡은 보천신계를 탄생시킨 경위에 대해서, 그리고 단천뢰가 보천신계와 총신계를 이끌 총위상이 되어주었으면 좋겠다는 뜻을 밀서에 적어서 부상쾌에게 주어 단천뢰에게 전하도록 했다.

"나라는 사람은 내가 잘 아오. 나는 단왕가 같은 소꿉장난은 할지언정 보천신계처럼 어마어마한 집단을 이끄는 데에는 영 재주가 없소이다."

"단왕."

"내가 밀서를 읽은 후에 이곳까지 오는 동안 그것에 대해서 줄곧 골몰해 봤는데 말이오. 모든 면에서 총위상에 어울릴 만한 사람이 딱 한 명 있다는 결론에 도달했소이다."

"그가 누구요?"

"바로 진 대협이오."

순간 혜승과 강무교 등의 얼굴이 환하게 밝아졌다.

단천뢰는 진검룡이 말할 기회를 주지도 않고 저돌적으로 밀어붙였다.

"무공이나 박식함, 경륜, 지도력, 명성 등등 당금 천하에서 진대협보다 뛰어난 인물이 대저 누가 있겠소? 그런 진 대협을 제쳐 두고 내가 총위상의 자리에 오른다면 어느 누구도 나를 따르려 하지 않을 테고 또 천하에 웃음거리가 되고 말 것이오."

혜승과 강무교 등은 싱글벙글 웃으면서 연신 고개를 끄덕이며 열렬하게 마음의 박수를 보냈다.

단천뢰는 단왕가에서 이곳으로 오는 동안 마치 수십 번이나 연습했던 것처럼 막힘없이 한꺼번에 말을 쏟아냈다.

"누가 총위상의 지위에 오르느냐는 것은 보천신계 전체의 존망이 걸려 있는 중차대한 일이오. 운남성의 모든 백성과 보천신계에 운집한 수많은 무림인들이 환호를 터뜨리면서 기뻐 춤을 추며 맞이할 만한 인물, 그들의 기대를 충족시켜 줄 수 있는 인물, 그리고 장차 천의맹과 사황벌, 혈마련, 혈우당과 맞서서 보천신계를 굳건하게 지켜줄 인물이 과연 누구겠소? 진 대협 생각에는 그 사람이 나일 것 같소?"

"……."

진검룡은 태어나서 처음으로 말문이 막혔다.

"내가 단왕가에서 왕 노릇을 하고는 있지만, 천하에 비하면 그것은 골목대장에 불과할 뿐이오. 하지만 전혀 욕심이 나지 않는 것은 아니오."

그의 말이 갑자기 이상한 방향으로 흐르자 혜승과 강무교 등은 어, 하는 표정을 지었다.

단천뢰는 껄껄 호탕하게 웃었다.

"만약 좌우위상 자리쯤 하나를 내게 준다면 분골쇄신 열심히 해볼 각오가 되어 있소."

사람의 마음을 쥐락펴락하는 그의 언변에 혜승과 강무교 등은 비로소 안도의 한숨을 토해냈다.

단천뢰는 난감한 표정의 진검룡을 보면서 마지막 쐐기를 박는 것을 잊지 않았다.

"보천신계에 운집한 무림인들이 누굴 보고 모여들었겠소? 바로 진 대협이오. 그런데 진 대협이 총위상을 하지 않고 다른 사람이 한다면 모르긴 해도 그들 거의 대부분이 보천신계를 떠나고 말 것이오."

혜승이 조용한 목소리로 거들었다.

"아미타불… 진 시주께서 보천신계를 만들어놓고는 이제 와서 외면하신다면 실로 무심한 처사입니다."

진검룡은 더 이상 물러설 곳이 없음을 깨달았다. 사실 그는 단천뢰를 총위상에 앉히고 자신과 혜승이 좌우위상이 되어 그를 힘껏 보필할 계획이었다.

왜냐하면 그는 전면에 나서는 것을 싫어하고 남들이 우러러보는 높은 지위에 앉는 것을 원하지 않기 때문이다.

그러나 조금 전 단천뢰와 혜승의 말을 듣고 크게 깨달은 바가 있다.

보필은 어디까지나 보필이다. 어떤 일을 계획하고 그것을 추진하려면 결정권이 필요한데, 만약 총위상이 된 단천뢰가 결정을 내려주지 않으면 아무리 좋은 계획이라고 해도 좌절되고 마는 것이다.

또한 수많은 무림인들은 청룡검신을 보고 모여들었는데, 어디에서 불쑥 나타난 단천뢰가 총위상이 된다면 과연 무림인들이 충심으로 그를 따르겠는가. 혜승의 말처럼 따르기도 전에 보천신계를 떠나고 말 것이다.

"음, 알겠소."

결국 진검룡은 수락하고 말았다.

                    *   *   *

결국 우려하던 일이 벌어졌다. 무림인들에 섞여서 백성들도 운남성으로 흘러들어 오기 시작한 것이다.

처음에는 장사꾼들이 모여들더니 그 뒤를 이어서 농사꾼 등 온갖 계통의 사람들이 가족을 이끌고 끝없이 운남성으로 몰려왔다.

백성의 수는 무림인에 비할 바가 아니다. 그들은 가족을 데리고 걷거나 소나 말이 끄는 수레 따위를 타고 오기 때문에 속도는 매우 느리지만 마치 피난 행렬처럼 그 수가 엄청나게 많았다.

보천신계가 탄생한 지 넉 달째로 접어들 때 운남성으로 유입된 백성의 수는 삼십만을 육박하고 있었다.

*   *   *

곤명성 번화가에 위치한 포정관사(布政官舍)의 전문 앞에 일단의 무리가 막 도착했다.

한 대의 사두마차와 열다섯 필의 말이며, 마차에서 내린 사람은 세 명으로 진검룡과 단천뢰, 혜승이고 열다섯 필 말에서 내린 사람들은 경혼조원이다.

운남성으로, 아니, 보천신계를 신세계라고 믿으며 몰려든 백성의 수가 삼십만에 이르자 결국 진검룡은 포정사를 직접 만나서 설득할 수밖에 없게 되었다.

진검룡은 예전과 다름없이 칠흑처럼 검은 흑삼을 입고 있었다. 다만 경혼조장의 표식이 없을 뿐이다. 경혼조원 역시 흑의 경장을 입은 모습이다.

척!

접객실에 앉아 있던 진검룡과 단천뢰, 혜승은 문이 열리고 포정사가 안으로 들어서자 일제히 일어섰다.

단천뢰는 포정사와 꽤 친분이 있는 사이였다. 운남성의 실질적인 지배자인 단왕과 정치적인 지배자 포정사가 만남과 친분을 유지하는 것은 전혀 이상한 일이 아니다.

이제 거기에 운남무림, 아니, 보천신계의 지배자가 된 진검룡까지 가세하여 운남성의 세 명의 지배자가 한자리에 모인 것이다.

"기다리게 해서 미안하오, 단 형."

"바쁜데 찾아온 것 아니오, 연(淵) 형?"

"무슨 말이오, 단 형. 아무리 바빠도 단 형을 만나는 일보다 바쁜 것은 없소."

"허허헛! 그렇다면 다행이오."

호형하는 사이인 단천뢰와 포정사 연정도(淵征途)는 반갑게 서로의 손을 맞잡았다.

인사를 끝낸 단천뢰가 진검룡을 가리키며 연정도에게 소개했다.

"연 형, 이분은 나 단천뢰가 주군으로 모시는 청룡검신 진검룡 대협이오. 보천신계 총신계의 총위상이시오."

"오오⋯⋯!"

그런데 연정도가 진검룡을 보면서 환한 얼굴로 탄성을 터뜨리는 것이 아닌가.

더구나 얼굴에는 감격하는 듯한 표정이 역력했다. 그것은 전혀 예상하지 못했던 반응이다.

연정도는 무림인처럼 능숙하게 포권을 하며 진검룡에게 가볍게 고개를 숙였다.

"연정도가 청룡검신을 뵈오."

그의 느닷없는 행동에 진검룡은 적이 당황했다.

"진검룡이오."

"청룡검신을 직접 뵙다니 무상의 영광이오. 오래전부터 존경하고 있었소."

포정사 연정도는 고위 관리라기보다는 무림고수 같은 당당한 체구와 용맹한 용모의 소유자이며 나이는 사십대 후반 정도로 보였다.

단천뢰가 껄껄 웃었다.

"헛헛헛! 연 형은 주군의 신분이 밝혀진 직후부터 주군을 만나고 싶어서 안달이 났었소! 내가 주군과 약간의 인연이 있다고 하니까 수시로 날 찾아와서 만나게 해달라고 보채더니, 내가 총신계의 우위상이 된 후로는 거의 매일 주군을 만나게 해달라고 졸랐다오!"

그러나 단천뢰는 그런 말을 한마디도 하지 않았었다. 아마도 오늘 같은 날을 기대한 것 같았다.

"헛헛헛! 자, 이제 두 분을 만나게 해주었으니까 나머지는 두 분이 알아서 하시오!"

"고맙소, 단 형. 이 은혜는 잊지 않겠소."

연정도는 단천뢰에게 포권을 해 보이고는 직접 문을 열고 진검룡을 안내했다.

"작은 연회를 준비했으니 가시지요, 진 대협."

단천뢰는 오늘 오후에 진검룡이 포정사를 방문할 것이라

고 미리 연정도에게 기별을 했던 것이다.

　말로는 작은 연회라고 했으나 실제로는 정말 성대한 연회
가 진검룡 일행을 기다리고 있었다.

　넓은 대전의 양쪽에는 두 개의 술상이 차려져 있었고, 진검
룡과 연정도가 나란히 앉았으며, 맞은편에는 단천뢰와 혜승
이 마주 보며 나란히 앉았다.

　그리고 그들 사이 넓은 대전에는 무희들이 하늘하늘 춤을
추고 악사들이 감미로운 곡을 연주하고 있었다.

　진검룡 등 네 사람은 연주와 춤이 끝날 때까지 담소를 나누
면서 술을 마셨다.

　진검룡은 서두르지 않고 연정도와 여유롭게 대작을 했다.
말은 주로 연정도가 했고 진검룡은 미소를 지으면서 고개를
끄덕이든가 짧은 말로 응수를 했다.

　연정도의 말은 주로 무림에 대한 것들이고, 자신이 얼마나
무림계를 동경해 왔는지, 그래서 청룡검신에 대한 소문을 들
은 이후부터는 그와 만나게 되는 것을 평생의 소원으로 정할
정도였다는 것 등이다.

　진검룡은 연정도와 대화를 하면서 자연스럽게 그의 인품
을 알게 되었다.

　연정도는 대단히 솔직하고 거침없는 성격이었다. 대부분
의 고위관리들이 거만하고 세속적인 데 반해서 그는 겸손하

면서도 매우 소탈했다.

진검룡은 그에게 흥미를 느끼기 시작했으며, 왠지 오늘 이곳을 찾아온 목적이 쉽게 풀릴 것 같다는 예감이 들었다.

"진 대협, 외람되지만 내 무술 실력을 봐주시겠소?"

무희들과 악사들이 물러가자 연정도가 갑자기 정색을 하고 부탁을 했다.

"그러지요."

"고맙소."

연정도는 즉시 수하를 불러서 자신의 도를 가져오도록 했다.

스릉—

시커먼 도실에서 꺼낸 한 자루 도는 한눈에도 평범하게 보이지 않았다.

도신(刀身) 양쪽에 푸른색의 청룡이 비상하는 모습이 생생하게 음각(陰刻)되었으며, 칼날은 푸르스름한 흰색이고 칼등은 먹처럼 검은 흑색이었다.

"청룡신도(靑龍神刀)외다. 진 대협의 별호를 따서 이름을 지은 것이오."

말을 마치고 연정도는 도를 쥐고 대전 한복판으로 성큼성큼 걸어가서 도법을 펼치기 시작했다.

쉬이익! 쉭쉭! 쐐액!

힘이 넘치는 도법이다. 청룡신도가 허공을 가르는 파공음이 고막을 찢을 듯했다.

포정사가 이 정도 실력이라니 뜻밖이었다. 강무교나 고명과 일대일로 겨뤄도 팽팽할 것 같았다. 더구나 공력도 반 갑자(半甲子:30년) 정도 있는 듯했다.

약 일다경쯤 도법을 선보인 연정도는 약간 숨찬 듯한 모습으로 돌아와 진검룡 앞에 서서 도파를 잡고 포권을 하며 무림인처럼 가볍게 고개를 숙였다.

"진 대협, 어떻소이까?"

진검룡은 고개를 끄덕이며 진심 어린 표정으로 말했다.

"훌륭하오. 모산풍림도(矛山風林刀)를 그 정도로 완벽하게 전개하는 사람은 드물 것이오."

연정도는 깜짝 놀랐다.

"오! 모산파(矛山派)의 모산풍림도라는 것을 한눈에 알아보다니 과연 진 대협이오!"

그는 청룡신도를 수하에게 주고 다시 진검룡 옆자리에 앉아서 술 한잔을 비우더니 진검룡에게 포권을 해 보였다.

"이제 진 대협의 신기를 견식해 보고 싶소이다."

진검룡은 자신의 솜씨를 보기 위해서 연정도가 부족한 솜씨나마 먼저 열심히 전개해 보였다는 사실을 깨달았다. 예의에 부족함이 없는 처사다. 그가 그렇게까지 했는데 진검룡이 사양하는 것은 실례다.

이제는 단천뢰까지 거들고 나섰다.

"허허헛! 주군, 천하에서 유일하게 검신이라고 불리는 실력을 나도 한번 보고 싶소이다!"

그는 호칭만 '주군'이라고 부를 뿐이지 언행은 조금도 수하답지 않았다.

평생 남의 수하 노릇을 한 번도 해본 적이 없기 때문에 그럴 것이다.

혜승도 눈을 빛내면서 말끄러미 진검룡을 주시하고 있었다. 그녀도 진검룡의 솜씨를 보고 싶은 것이 분명했다.

세 사람의 시선을 한 몸에 받으면서 진검룡은 실내를 한차례 천천히 둘러보고 나서 술잔을 내려놓고 느릿한 동작으로 오른손을 들어 올렸다.

세 사람의 얼굴에 의아함이 떠올랐다. 실력을 보이려면 대전 한가운데 나오든가 해야 하는데 제자리에 앉은 채 묵묵히 손만 들어 올리고 있기 때문이다.

그런데 그의 손가락 끝이 턱에 이르렀을 때 놀라운 일이 벌어졌다.

스응.

그의 어깨의 의천검이 손도 대지 않았는데 저절로 뽑히면서 위로 솟구치기 시작한 것이다.

스르릉—

의천검이 완전히 뽑히더니 점점 위로 솟구쳐 올라서 앉아 있는 진검룡의 머리 위 일 장 반 높이에서 멈췄다가 빙글 반

회전하면서 검첨이 앞으로 향하며 수평을 이루었다.

혜승은 경악해서 자신도 모르게 중얼거렸다.

"이기어검술(以氣馭劍術)……."

극도로 놀라고 긴장한 세 사람은 눈도 깜빡이지 않고 호흡도 멈춘 채 그 광경을 뚫어지게 주시했다.

슥—

그때 진검룡이 검지를 앞쪽 위를 향해서 뻗었다.

순간 의천검이 쏜살같이 앞으로 쏘아나갔다.

쉬익!

진검룡은 검지로 허공에 무슨 글자를 빠르게 썼다.

파파아아—

그러자 의천검이 진검룡 맞은편 벽에 이르러 검첨이 육안으로는 보이지 않을 정도로 빠르게 움직이며 벽에 뭔가 글씨를 새겼다.

진검룡의 검지가 이번에는 왼쪽을 가리켰다.

쐐애—

의천검은 칠 장여의 거리를 찰나지간에 날아가서 그곳 벽에도 뭐라고 글씨를 새겼다.

그런 식으로 진검룡은 자신의 뒤쪽과 오른쪽 벽 두 군데에도 글씨를 새기고는 검지로 머리 위를 가리켰다가 이윽고 손을 내렸다.

척!

그러자 의천검이 쑥 하강하더니 검실에 원래대로 꽂혔다.

연정도와 단천뢰, 혜승은 벌린 입을 다물지 못하고 진검룡을 쳐다보았다.

진검룡은 아무 일도 없었다는 듯 술잔을 들어 입으로 가져가 천천히 마셨다.

"아!"

그때 연정도가 나직한 탄성을 터뜨렸다.

단천뢰와 혜승은 연정도를 쳐다보다가 그가 조금 전에 의천검이 뭔가를 새긴 벽을 보고 있는 것을 발견하고는 급히 사방의 벽을 쳐다보았다.

"오……!"

거기에는 글씨가 새겨져 있는데, 벽 하나에 두 글자씩 모두 여덟 자였다.

진검룡의 정면 벽에는 '무림(武林)', 왼쪽 벽에는 '정의(正義)', 뒤쪽에는 '보천(普天)', 오른쪽 벽에는 '실현(實現)'이라고 더없이 명필의 글 솜씨로 새겨져 있었다.

―무림정의보천실현.

여덟 글자를 해석하면 '무림의 정의는 보천신계에서 실현된다'는 뜻이다.

"과연……."

"아미타불……."

세 사람은 자신들도 모르게 일어나 사방 벽에 새겨진 글씨를 보며 찬탄을 금치 못했다.

아미파의 장문인이 된 혜승은 물론이거니와 전대 장문인이었던 자허 신니조차도 이기어검술은 흉내조차 내지 못했다.

혜승은 이기어검술이라는 검법 최고의 경지가 있다는 말을 들어보기는 했으나 실제로 보는 것은 처음이다.

"굉장하오! 뭐라고 말해야 할지 말문이 막히는구려! 최고외다, 최고! 과연 청룡검신이시오!"

연정도는 극도의 감탄을 금치 못하고 흥분하여 입에서 침을 튀기며 칭찬했다.

"나는 방금 이기어검술이라는 검법을 보면서 저것이 혹시 신이 펼치고 있는 것이 아닌가 하고 착각했다오!"

슥—

진검룡은 일어나서 가볍게 포권을 해 보였다.

"과찬이시오."

이어서 그는 진중한 표정을 지으며 본론을 꺼냈다. 지금이 적당한 때라고 판단한 것이다.

"오늘 포정사를 찾아뵌 것은 다름이 아니라……."

"아, 됐소!"

그런데 뜻밖에도 연정도가 손바닥을 펼쳐서 내밀며 진검

룡의 말을 막았다.

"진 대협이 무엇 때문에 날 찾아왔는지 알고 있소. 그 얘기라면 더 이상 거론하지 맙시다."

진검룡과 단천뢰, 혜승은 연정도가 여태까지와는 달리 공과 사를 구별하여 마음이 급변한 것이라고 생각했다.

그래서 포정사인 그가 보천신계에 대해서 문제를 삼을 것이라고 예상했다.

그런데 그다음에 연정도의 입에서 나온 말은 세 사람의 예상을 뒤엎어 버렸다.

연정도는 사방 벽에 새겨진 여덟 글자를 가리키면서 빙그레 미소 지었다.

"진 대협은 자신의 마음과 의지를 저기에 새겼소. 즉, 무림의 정의를 보천신계에서 실현한다는 것이오."

단천뢰와 혜승은 벽의 글자들을 둘러보았다.

"그렇다면 나는, 아니, 관(官)은 더 이상 진 대협과 보천신계를 의심하지 않을 것이오. 예로부터 무림인이 무림의 일을 하면 관은 간섭하지 않았소. 무림의 정의를 내가 관할하는 운남성에서 바로 세운다면 오히려 기쁜 일이 아니겠소?"

"아……."

혜승이 몹시 기쁜 얼굴로 나직한 탄성을 터뜨렸다.

연정도는 시원시원하게 말했다.

"앞으로 관의 일은 조금도 걱정하지 마시오. 진 대협의 대업이 성취되기를 진심으로 바라겠소."

"고맙소, 연 형!"

단천뢰가 한걸음에 달려와서 연정도의 손을 잡고 위아래로 흔들며 기뻐서 소리쳤다.

"고맙소."

진검룡도 진심 어린 표정으로 포권을 했다. 이로써 가장 곤란하게 여겼던 난제를 해결했으니 천군만마를 얻은 기분이 들었다.

연정도는 단천뢰에게 붙잡힌 손을 빼면서 진검룡을 보며 진지하게 말했다.

"진 대협, 한 가지 부탁해도 되겠소?"

"말씀하시오."

연정도는 그답지 않게 더듬거렸다.

"이것은… 어떤 조건 같은 것이 아니오. 진 대협이 들어주지 않는다고 해도 어떤 피해도 입지 않을 것이오. 말하자면… 조금 전에 내가 말했던 것은 계속 유효하다는 뜻이오."

진검룡은 그에게 이런 순수한 일면도 있구나 싶어서 절로 미소가 머금어졌다.

연정도는 두 손을 맞잡고 비비다가 꿀꺽 마른침을 삼키더니 큰 소리로 외쳤다.

"진 대협과 친구가 되고 싶소!"

진검룡은 조금도 예상하지 못했던 말이라서 묵묵히 연정

도를 쳐다보았다. 그것은 단천뢰와 혜승도 예상하지 못했던 일이다.

하지만 연정도는 진검룡의 그런 모습을 보고 거절당한 것이라고 생각했다.

그는 충격을 받은 듯 얼굴빛이 흐려지더니 곧 포권을 하며 고개를 숙였다.

"방금 전에 말했듯이 거절당해도 괜찮소. 진 대협은 마음에 두지 마시오."

진검룡은 가볍게 고개를 끄덕였다.

"연 형 같은 친구를 얻게 되다니 기쁘오."

"……."

진검룡의 말에 연정도는 움찔 놀라더니 아무 말도 못하고 물끄러미 그를 바라보았다.

"다시 한 번 말해주시오, 진 대협."

연정도의 목소리가 떨렸다.

"연 형과 친구가 돼서 정말 기쁘오."

"와핫핫핫핫! 내가 잘못 들은 게 아니었군! 핫핫핫핫!"

연정도는 진검룡의 두 손을 잡고 흔들며 기뻐서 어쩔 줄을 몰랐다.

"핫핫핫! 내가 천하제일인 청룡검신의 친구가 되다니 믿어지지 않는군!"

그는 진심 어린 표정으로 진검룡을 똑바로 주시했다.

"진 형, 앞으로 좋은 친구가 되겠소."

"연 형, 나도 노력하겠소."

이십육 세의 진검룡과 사십구 세의 연정도는 마주 잡은 두 손에 힘을 주며 서로를 마주 보면서 환한 미소를 지었다.

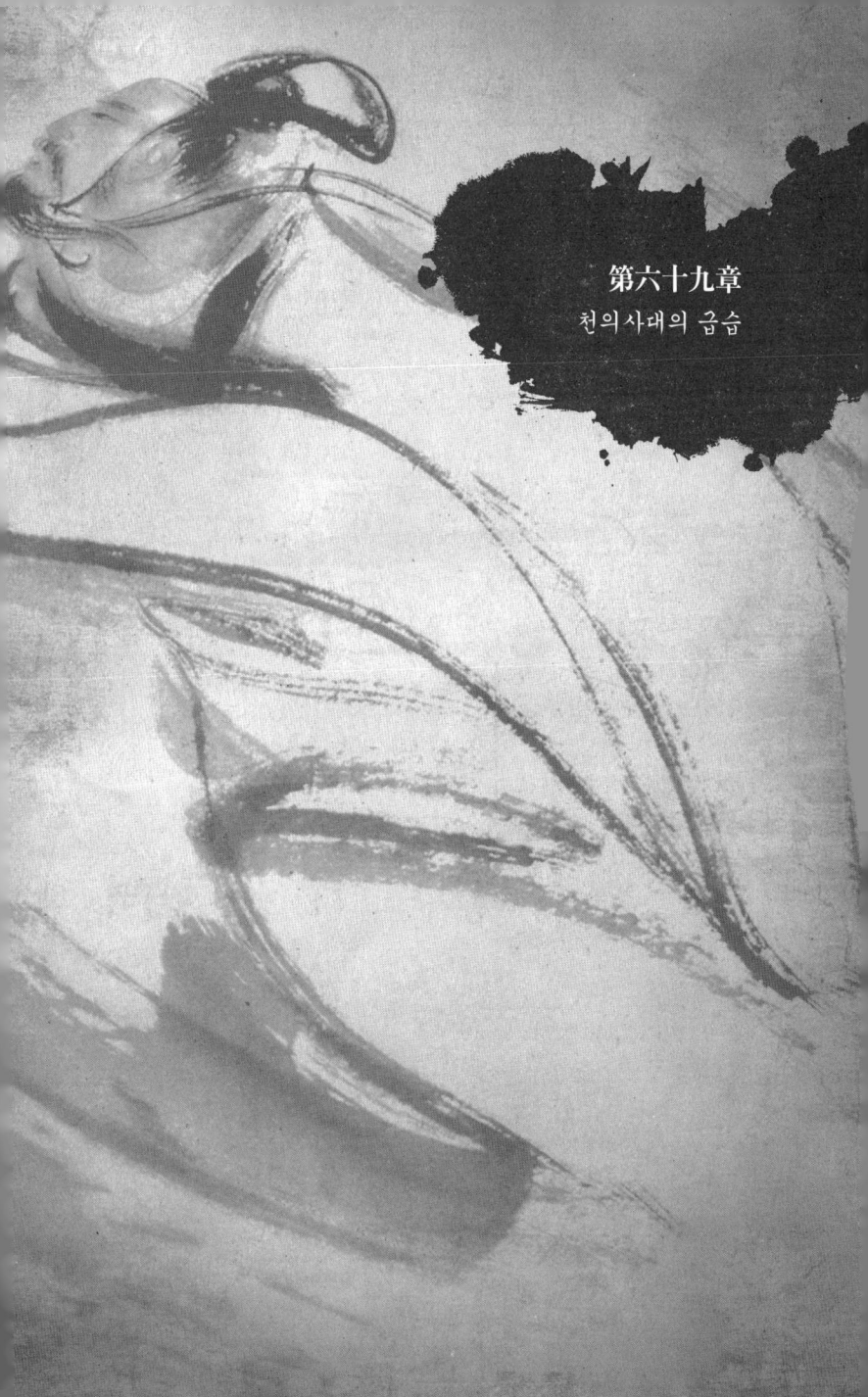

第六十九章
천의사대의 급습

大中原

옛 곤명총부 성채에는 이만 오천여 명이 있었으나 보천신계에 반대하여 천오백여 명이 떠나고 이만 삼천오백여 명이 남아 있었다.

이후 새로 운집한 무림인 중에서 우수한 사람들을 육천오백여 명 새로 더 선발하여 삼만 명으로 만들어서 총신계로 출범하게 되었다.

그때까지 보천신계에 운집한 무림인의 수는 십이만 오천 명을 넘어서고 있었다. 그들은 정파인과 사파인이 뒤섞여 있는데 마도인은 한 명도 없었다.

총신계에 원래부터 있었던 이만 삼천오백여 명은 꾸준히

발도산검파를 수련했기 때문에 상당한 수준에 올라 있는 상황이다.

그들하고 형평을 맞추기 위해서 운집한 무림인 중에 자질과 근골, 무술 실력이 뛰어난 육천오백여 명을 더 선발하여 삼만 명을 맞춘 것이다.

새로 총신계에 투입된 육천오백여 명이 불철주야 발도산검파를 수련한다면 오래지 않아서 기존의 이만 삼천오백여 명하고 어깨를 나란히 하게 될 터이다.

앞으로 총신계는 삼만 명 체제로 운영될 예정이다. 그들을 최고도로 수련시켜서 최정예로 성장시킨다는 계획이다.

보천신계에 들어온 대다수의 무림인들은 총신계에 들어오고 싶어서 목을 매고 있지만 예정된 삼만 명을 다 채운 총신계의 문은 굳게 닫힌 상태였다.

십이만에 달하는 무림인들은 곤명성을 중심으로 운남성의 각 지역으로 분산해서 배치됐다.

과거 운남성에 있던 방, 문파들은 모두 사라지고 대신 지역 이름을 앞에 넣어서 지역의 크기에 따라서 대계(大界), 중계(中界), 분계(分界)의 이름을 할당받았다.

예를 들면 징강대계, 진원대계, 옥반중계(玉盤中界), 통원분계(通遠分界)라고 불리는 식이다.

운남성 백이십 개 현에 대계가 들어섰으며, 평균적으로 하나의 대계는 세 개의 중계와 여덟 개의 분계를 거느렸다.

그리고 되도록 그 지역 방, 문파의 우두머리를 대계주(大界主), 중계주(中界主), 분계주(分界主)로 임명했다.

십이만여 명이라는 엄청난 수의 무림인이 천하에서 모여들었기 때문에 별별 사람들이 다 있었다.

그러나 그들 대부분은 예전에 있던 곳에서 핍박받으면서 고된 삶을 살았다는 공통점을 지니고 있었다.

그래서 천하제일인이며 정의와 평화로 대변되는 청룡검신이 탄생시킨 보천신계라는 곳에서 분골쇄신 열심히 노력해서 예전에 있었던 곳하고는 전혀 다른 삶을 살아보려는 부푼 희망과·기대를 안고 있다.

십이만여 명 중에서 극소수만이 소위 말썽꾸러기들이었다.

악행을 저지르고 도망 다니는 자가 있는가 하면, 뭔가 새로운 돈벌이가 없을까 해서 기웃거리려고 온 자들도 있고, 이도 저도 아닌 채 그저 휩쓸려서 온 자들도 있었다.

하지만 총신계는 그들을 솎아내지 않았다. 일단 다 함께 수용하여 같이 간다는 방침을 세웠다.

그렇다고 해서 엄한 법이나 규율을 만들지도 않았다. 좁은 그물처럼 엄격한 법을 만들어 웬만한 죄를 짓는 사람들을 다 걸러낸다면 바깥세상이나 보천신계나 다를 바가 없기 때문이다.

하지만 잘못이나 죄를 범하는 사람들을 무작정 방치하지

는 않았다.

다만 그들의 육체를 징계하는 대신에 마음이나 정신을 감화함으로써 갱생할 수 기회를 열어주는 방침을 정했다.

거기에는 아미승들이 큰 역할을 담당했다. 아미승들은 불심이 높아 천하에서 존경을 받고 있기 때문에 그녀들이 직접 죄나 잘못을 저지른 사람들을 타이르고 설법을 하여 큰 효과를 거두게 되었다.

총신계 휘하의 백이십 개 대계와 삼백육십 개 중계, 구백육십 개 분계는 순전히 각자의 자력(自力)으로 유지하는 것을 기본으로 하고 있다.

즉, 자신들이 직접 돈을 벌어서 각 계를 운영, 유지하고 그곳에 소속된 무사들의 녹봉을 충당한다는 것이다.

그러기 위해서 총신계는 각 지역마다 무사들을 필요로 하는 곳을 일일이 연결시켜 주었다.

또한 일정한 수입을 확보하기 어려운 지역에는 총신계가 직접 자금을 대서 수입을 창출해 낼 수 있는 기반이나 사업을 마련해 주었다.

그래서 그곳에서 수입이 나기 시작하면 총신계에 조금씩 원금을 갚아나가는 형식을 취했다. 즉, 공짜는 없는 것이다.

물론 각 계는 상급 조직에 돈을 한 푼도 상납하지 않는다. 분계는 열심히 벌어서 자신들만 배부르면 되는 것이고, 중계와 대계 역시 똑같다.

그러므로 일하지 않으면 수입이 없고, 따라서 녹봉도 받을 수 없으며 굶을 수밖에 없는 구조인 것이다.

보천신계로 모여든 삼십만에 달하는 백성들을 해결하는 일은 무림인보다 한결 수월했다.

운남성은 변방을 제외한 중원 내에서 면적이 가장 넓고 광활함을 자랑한다.

사천성의 두 배에 달하고 하남성이나 하북성, 산동성의 네 배, 절강성보다는 다섯 배나 넓다.

반면에 인구는 중원의 어느 성보다도 턱없이 적다. 그렇다고 해서 땅이 척박하거나 기후가 나쁜 것도 아니다.

단지 중원의 남쪽 끝에 위치해 있다는 지리적 악조건 때문에 그동안 사람들의 왕래와 유입이 적었을 뿐이다.

총신계는 삼십만 백성들을 몇 개의 부류로 분류했고, 그들이 원하는 업으로 또다시 분류했다.

농사를 원하는 백성에게는 양껏 개간할 수 있는 땅을 주었으며, 농업을 세분하여 원하는 농작물을 키울 수 있도록 해주었다.

어부들에게는 운남성에 무수히 많은 강과 호숫가에서 살도록 하고 배와 그물 따위를 만들어주었다.

장사를 원하는 백성들에게는 그들이 거주하는 지역의 특산물을 장사할 수 있는 길을 열어주었다.

그리고 그 밖의 수많은 백성들에게도 그들이 원하는 업을 거의 대부분 하게 해주었다.

그러는 데에는 총신계의 우위상 단천뢰와 포정사 연정도
가 많은 힘을 보탰다.

                    *   *   *

총신계에는 도합 천여 채의 전각들과 누각, 그리고 부속 건
물들이 들어차 있다.

하지만 대지가 워낙 드넓기 때문에 전각들은 밀집되어 있
지 않고 드문드문 흩어져 있는 광경이다.

총신계도 보천신계처럼 전체 조직이 대계, 중계, 분계로 짜
여 있다.

단지 보천신계의 각 계들 앞에는 지역 이름이 들어가지만,
총신계의 계들은 내신계, 중신계, 외신계의 앞 자를 넣어서
내신일대(內新一大), 중신이대(中新二大) 휘하 중신사중(中新
四中) 식의 이름이 있다.

총신계에는 도합 열 개의 대계와 백 개의 중계, 천 개의 분
계가 있다.

대계는 삼천 명, 중계는 삼백 명, 분계는 삼십 명으로 구성
되었다.

그리고 일대부터 십대까지의 대계주는 과거 곤명지부의
십룡당주들이 맡았고, 중계는 곤명지부 무사들을 임명했으

며, 분계는 각 중계주들이 직접 임명했다.

그리고 과거 곤명지부의 무사들 중에서 발도산검파가 뛰어난 칠백여 명이 무술사범으로 임명되었다.

그들 중에 삼백 명은 총신계의 각 중계를 맡아서 발도산검파를 가르치고, 사백 명은 보천신계 전역의 대계와 중계에 고르게 파견되어 그들을 가르쳤다.

이들은 석 달을 주기로 서로 임무를 바꾼다. 즉, 총신계와 보천신계의 무술사범들이 교체되는 것이다.

그렇다고 해서 총신계에 있던 사범이 예전에 있던 지역으로 다시 돌아가는 것이 아니라 전혀 다른 곳으로 배정받아 가게 된다.

새로운 곳에서 새로운 마음가짐으로 가르치라는 뜻이다.

또한 후임자가 와서 그곳 무사들의 발도산검파 수준을 점검하여 총신계에 보고를 올리는데, 그때 정해진 수준 이하면 그 무사들은 집중적으로 보강 수련을 받게 되며, 그들을 가르쳤던 사범은 총신계로 불려와서 역시 특별 수련을 받아야만 한다.

벌이 없는 대신에 부끄러움과 책임감을 느끼게 하는 방법인 것이다.

총신계의 정중앙에는 구 층의 거대한 대전각이 있다. 예전에는 영웅전이라는 이름이었으나 진검룡이 총위상이 된 이후에 청룡검각(靑龍劍閣)으로 이름이 바뀌었다. 그것은 우위상 단천뢰의 생각이었다.

청룡검각에는 당연히 총위상의 집무실이 있다.

그러나 그것뿐만이 아니라 좌우위상과 삼신계령, 그리고 좌우위령의 집무실도 청룡검각 내에 있다.

그게 전부가 아니다. 총신계 내의 열 명의 대계주 집무실도 함께 있다.

그래서 청룡검각이라는 이름 외에 십육두각(十六頭閣)이라는 이름이 있는데, 총신계 사람들에게는 십육두각이라는 친근한 이름으로 불리고 있다.

청룡검각, 아니, 십육두각 뒤쪽에는 꽤 넓고 아름다운 인공호수가 하나 있으며, 호수 중앙에 제법 큰 규모의 오층 누각 형태의 전각이 굵은 열 개의 기둥 위에 세워져 있다.

경혼각이라 불리며 이름 그대로 경혼조원들의 거처다.

하지만 경혼각에는 총위상 진검룡의 방도 있다. 예전 곤명지부의 경혼각처럼 진검룡의 방 좌우는 부상쾌와 옥청이 사용하고 있다.

곤명지부 시절에 경혼각 뒤 별채에서 살던 훈용강 가족은 물론이고 주소영도 병든 어머니와 동생들을 데려왔으며, 낭랑도 사부를 죽인 이후에 오랫동안 만나지 못했던 가족을 데려와서 단란하게 살고 있다.

뿐만 아니라 남편, 아버지 노릇을 제대로 못하고 대접도 받지 못한 채 떠돌이 생활을 해왔던 와중도 아내와 아이들을 경혼각으로 데려와서 행복한 가정을 꾸렸다.

십육두각 맨 꼭대기 구층 총위상의 회의실에 진검룡과 좌우위상, 삼신계령, 좌우위령, 그리고 열 명의 대계주가 자신의 자리에 앉아 있다.

진검룡은 회의를 할 때면 별일이 없는 한 자신을 비롯해서 열 명의 대계주까지 십육 명이 함께하는 것을 원칙으로 하고 있다.

자신 혼자가 아니라 십육 명 전원이 총신계를 이끌고 있다는 뜻인 것이다.

"시일이 지날수록 수하들의 불안감이 가라앉고 있습니다."

방금 진검룡의 질문을 받은 외신칠대계주가 공손한 자세와 목소리로 대답을 이어갔다.

"스스로의 실력이 하루가 다르게 높아지고 있으며, 동료들 간의 결속력 또한 점차 강해짐을 느끼고, 자신만큼이거나 그보다 고강한 동료들이 총신계에 삼만 명, 보천신계 전체로는 십오만여 명이나 있다는 든든한 신뢰 때문인 것 같습니다. 그리고……."

칠대계주는 숨을 고른 후 설명을 이었다.

"그리고 무엇보다도 절대자 청룡검신께서 총위상이라는

점이 모두를 안도하게 만드는 듯합니다."

총신계의 일대 삼천 명은 총신계의 가장 깊숙한 곳, 즉 내신계에 거주하며 십대 삼만 명 중에서 가장 강한 자들을 선발하여 배치했다. 그래서 이들을 달리 내신일대(內新一大)라고 부른다.

내신계 바깥 중신계에는 이대와 삼대 육천 명이 있으며 이들은 달리 중신이대, 중신삼대로 불리며, 일대일로 봤을 때 외신계의 수하보다 이 할 정도 고강하다.

그리고 총신계의 가장 바깥쪽이며 가장 큰 영역이 외신계인데 사대부터 십대까지 여섯 개의 대가 근무하고 있다.

그들은 외신사대, 외신오대 식으로 불리며, 총신계의 십대 중에서 약한 축에 속하지만 총신계 밖에 나가면 각자가 능히 무림의 이류고수라고 불릴 만한 실력의 소유자들이다.

방금 보고한 칠대계주는 자신이 속한 외신계에 대해서 설명을 했던 것이다.

외신계가 그 정도라면 중신계와 내신계는 더 이상 묻지 않아도 어느 정도인지 짐작할 만하다.

칠대계주의 설명에 다들 흐뭇한 기분이 들어서 고개를 끄덕였다.

"그런데……."

그때 단천뢰가 고개를 갸웃거리며 말을 꺼냈다.

"혈마련과 사황벌이 공격하지 않으리라는 것과 천의맹이

반년 후에나 우리를 공격하게 될 것이라는 예측이 과연 믿을 만한 것인지 모르겠군."

일전에 진검룡이 그런 말을 한 적이 있었기 때문에 지금 한 말은 그에게 넌지시 에둘러서 묻는 말이다.

진검룡은 모두에게 다시 한 번 분명하게 짚어줄 대목이라는 생각이 들었다.

단천뢰가 그런 의구심이 생겼다면 다른 사람도 마찬가지일 테니까 말이다.

진검룡은 모두를 둘러보면서 나직한 목소리로 입을 열었다.

"예로부터 암중에서만 암약해 온 혈마련은 보천신계를 공격 목표에서 제외했을 가능성이 크오."

좌위상 혜승이 물었다.

"그 말씀은 혈마련이 무림 제패의 야욕을 포기했다는 뜻인가요, 아니면 보천신계를 제외하고 무림을 제패하겠다는 뜻인가요?"

"후자일 것이오."

이어서 진검룡은 구체적으로 설명했다.

"혈마련이 보천신계를 공격한다면 승패에 관계없이 막대한 피해를 입게 될 것이오. 그것은 천의맹이나 사황벌로서는 가만히 앉아서 이득을 보게 되는 어부지리의 상황이오. 어쩌면 그 기회를 노리고 천의맹이 혈마련을 공격하여 괴멸시킬 수도 있을 것이오."

혜승의 표정이 더욱 진지해졌다.

"그럴 경우에 천의맹은 보천신계를 공격할 여력이 없어질 거예요. 혈마련과 싸우고 나서 다시 보천신계와 싸운다는 것은 있을 수 없는 일이에요. 만약 그런 일이 벌어진다면 천의맹은 보천신계를 그냥 내버려 둔다는 뜻이 되겠군요."

"그렇소."

진검룡은 고개를 끄덕이고 난 후 말을 이었다.

"혈마련은 그럴 것이라고 예상하기 때문에 섣불리 보천신계를 공격하지 못할 것이오."

혜승은 고개를 끄덕였다.

"그렇군요."

그녀는 단천뢰를 보며 진검룡을 대신하여 사황벌에 대해 설명했다.

"사황벌은 애당초 천의맹이나 혈마련처럼 세력이 크지도 않은 데다 무림 전체를 좌지우지하는 큰 싸움을 일으켜 본 적도 끼어본 적도 없어요. 의지 자체가 없는 것이지요. 그러므로 사황벌은 염려하지 않아도 될 거예요."

그래도 단천뢰는 미심쩍은 표정을 지었다.

"그렇지만 사황벌도 무림을 삼분(三分)하고 있는 세력 중에 하나 아니오? 그러니까 언제든지 변수를 일으킬 가능성이 있다고 봐야 하는 것 아니겠소?"

그 말에 중신계령 막화가 정중한 어조로 대답했다.

"우위상, 그럴 가능성은 전무합니다. 사황벌은 그럴 만한 세력이 못 됩니다."

막화가 얼마 전까지 사황벌 징강지부주였다는 사실을 알고 있는 단천뢰는 고개를 끄덕였다.

"자네가 그렇게까지 확신한다면 믿겠네."

그는 다시 진검룡을 쳐다보았다.

"한 달쯤 전에 총위상께선 천의맹이 반드시 보천신계를 공격할 것이며, 그 시기는 일곱 달 정도 후가 될 것이라고 말씀하셨소. 이제는 그 시기가 반년 앞으로 다가왔는데 어떻게 해서 그런 계산이 나온 것인지 말씀해 주시겠소?"

보천신계가 탄생한 지 다섯 달이 지나가고 있는 현재 단천뢰는 총신계의 우위상이라는 지위에 많이 적응하여 예전보다 진검룡을 좀 더 깍듯하게 대우하게 되었다.

진검룡은 잔잔한 목소리로 설명했다.

"천의맹의 세력은 천하 각 지역에 흩어져 있소. 그들을 모으는 데 그 정도 시일이 걸릴 것이라는 뜻이오."

"고수들을 모으면 보천신계를 공격할 것 같소?"

진검룡은 고개를 끄덕였다.

"공격할 것이오."

"혈마련이 무림 제패를 획책하고 있는 와중인데도 그게 가능하겠소?"

단천뢰만이 아니라 모두들 그 점을 궁금하게 여기기 때문에 긴장된 표정으로 진검룡을 주시했다.

　진검룡은 잠시 생각하는 듯하다가 고개를 끄덕였다.

　"공격할 것이오."

　"그러다가 혈마련이 천의맹 낙양총부라든지 천의맹 중요 지부들을 공격하면 어떻게 합니까?"

　이번에는 고명이 물었다.

　진검룡은 가볍게 고개를 가로저었다.

　"아마도 그런 일은 일어나지 않을 것 같네."

　모두들 의아하면서도 궁금한 표정을 지었다.

　"어째서 그렇게 생각하시오?"

　단천뢰는 초조한 표정으로 물었다. 그는 총신계의 우위상을 맡은 지 한 달 남짓밖에 지나지 않았으나 눈에 띄게 초췌해진 모습이다.

　단왕으로 아무것도 걱정할 것 없이 속편하게 지내다가 자고 일어나면 걱정거리와 생각거리가 켜켜이 쌓이는 총신계 우위상 지위를 수행하다 보니 이 지경이 되었다.

　진검룡은 굳은 표정을 지은 채 대답하지 않았다. 중인은 그를 알고 난 이후 지금처럼 경직된 표정을 짓는 것을 처음 보았다.

　숨소리조차 들리지 않는 침묵이 한동안 이어진 후 이윽고 진검룡이 가라앉은 목소리로 조용히 입을 열었다.

"나는 혈우당이 천의맹과 혈마련 둘 다 장악하고 있을 것이라고 예상하고 있소."

"아……."

"그런 일이……."

자허 신니는 혈우당주가 진검룡의 사부인 천추검제 유운학이라고 말했다.

또한 혈우맹사 중에는 마도의 굵직한 인물들도 속해 있다고도 했다.

진검룡은 사부 유운학을 너무도 잘 알고 있다. 그가 혈우당이라는 비밀 조직을 만들었다면 결코 어설프게 만들지 않았을 것이다.

둘째 제자 백소운이 천의맹주이기 때문에 혈우당이 천의맹을 장악한 것이나 다름이 없다.

또한 유운학이 마도의 거물 몇을 거느리고 있다면 필경 보통 인물이 아닐 것이다.

유운학은 어중간한 것을 싫어한다. 그렇기 때문에 혈마련까지 장악했을 가능성이 크다고 보는 것이다.

정말 그렇다면 유운학은 절대로 보천신계를 그냥 내버려두지 않을 것이다.

척!

진검룡이 회의실을 나오자 문밖을 지키고 서 있던 부상쾌가 공손히 허리를 굽혔다.

획!

부상쾌가 입술을 오므려 짧게 휘파람 신호를 보내자 옆방에서 무공 수련을 하고 있던 경혼조원들이 일사불란하게 밖으로 뛰어나왔다.

그들은 진검룡이 계단을 내려가고 그 뒤를 부상쾌가 따르는 것을 보고 잰걸음으로 따라갔다.

경혼조원들의 몸놀림은 예전하고 많이 달라졌다. 동작이 매우 민첩하면서도 옷자락 나부끼는 소리가 나지 않았으며, 걸음을 옮기는 동작이 예사롭지 않은데다 발자국 소리가 일체 나지 않았다.

진검룡에게 보법은 물론 경공술까지 배웠기 때문이다. 그밖에도 경혼조원 모두는 주소영이 배운 섬전표를 사용할 수 있게 되었다.

뿐만 아니라 낭랑과 주소영이 익힌 낙화유산검과 무악이 배운 구룡수, 미미가 배운 환영탐기까지도 고루 배웠다.

예전에 이들이 발도산검파를 처음 익힐 때에는 무술을 제대로 배워본 적이 없는 탓에 노력은 배로 들고 성취는 절반에도 미치지 못했다.

그렇지만 지금은 그 반대로 노력을 절반만 해도 성취는 두배, 세 배가 되었다.

진검룡이 경혼조원들에게 가르친 것은 무술만이 아니다.

무술을 속성(速成)하는 방법도 포함되어 있었던 것이다.

예전에 이들이 한 달 걸려서 간신히 습득할 수 있었던 것도 지금은 며칠이면 된다.

총신계에서의 경혼조원들의 존재는 매우 독특하다. 이들은 총신계의 어느 집단에도 속해 있지 않다.

오직 진검룡에게만 속해 있다. 아니, 총위상 직속호위대라고 하는 편이 옳다.

명칭도 여전히 '경혼조'를 사용하고 있다. 진원분타에서 결성된 경혼조는 일개 조장이었던 진검룡이 십오만 무사들의 최고 우두머리가 된 현재 일개 조원에서 수직 상승하여 총위상 호위대가 된 것이다.

총신계 내에서 경혼조원에게 함부로 하는 사람은 아무도 없다.

설령 좌우위상이라고 해도, 또한 얼마 전까지 경혼조의 상전이었던 강무교, 고명 등이라고 해도 총위상의 직속호위대인 경혼조를 어려워했다.

십육두각을 나선 진검룡과 경혼조는 곧장 십육두각 뒷문밖에 길게 이어진 다리를 건너 인공 호수 한복판에 우뚝 지어진 경혼각으로 들어갔다.

경혼각에만 들어서면 진검룡도 경혼조원들도 일제히 긴장이 풀리고 굳었던 마음이 푸근해진다.

그곳에는 가족들이 기다리고 있기 때문이었다.

경혼각 사층이 떠들썩했다. 진검룡과 경혼조원들이 오랜만에 한자리에 모여 술판을 벌였기 때문이다.

아니, 그들만이 아니라 몇 사람이 더 있었다. 훈용강과 와평의 아내, 주소영 모친, 낭랑의 부모들이다.

나이가 오십삼 세인 낭랑의 부친은 상석에 앉아서 제일 어른 대접을 받고 있다.

그리고 여자들은 옥청을 도와 요리를 만들고 술을 준비한 이후에 술자리에 앉아 진검룡, 경혼조원들과 한 가족처럼 어울려서 웃고 떠들며 먹고 마셨다.

경혼조원들이나 그들의 가족들 모두 진검룡을 하늘 같은 은인으로 여기고 있다.

천하 어디에 진검룡 같은 사람이 있겠는가. 자신의 수하들에게 그토록 많은 은혜를 베풀고 그것으로도 모자라서 거대한 조직의 최고 우두머리가 수하의 가족들을 일일이 불러들여서 함께 살고 있지 않은가.

하지만 경혼조원들이나 가족들은 진검룡을 그다지 어려워하지 않는다.

진검룡이 경혼조원과 가족들에게 스스럼없이 대하기 때문이다. 그리고 그것이 진심이라는 것을 느끼기 때문이다.

"어이~ 조장! 딸꾹!"

낭랑은 오늘도 어김없이 만취해서 혀 꼬부라진 소리로 진검룡의 어깨에 팔을 걸치며 뺨을 비벼댔다.

사람들이 진검룡을 청룡검신입네 총위상입네 받들어 모시고 있지만, 경혼조원들에겐 영원한 경혼조장인 것이다.

"나 낭랑은 말이야! 딸꾹! 받은 것은 반드시 갚아야 하는 성미라는 거 알지? 조장, 알아들어?"

"그래."

진검룡은 미소 지으며 고개를 끄덕였다. 원래 그의 옆자리는 부상쾌와 옥청이 앉아 있었는데, 술을 마시다 보면 언제나 낭랑과 주소영에게 자리를 뺏기고 만다.

지금도 낭랑이 진검룡 왼쪽 옆에 앉아서 몸도 제대로 가누지 못한 채 흐느적거리면서 주정을 하고 있으며, 오른쪽의 주소영은 일찌감치 진검룡의 허벅지를 베고 누운 채 잠이 든 상태다.

마지막까지 꼿꼿하게 앉아 있는 사람은 옥청과 부상쾌, 훈용강, 낭랑의 부친뿐이었다. 다른 사람들은 이미 자신들의 방으로 돌아갔고 술에 취해서 탁자에 엎드려 있는 미미와 단은한 두 사람 뿐이다.

진검룡도 많이 취한 상태다. 그는 이곳 경혼각에서 조원들, 그리고 가족들과 함께 술을 마실 때만큼은 공력으로 취기를 몰아내지 않는다.

그렇기 때문에 보통 사람이나 크게 다를 바가 없다. 다만 그가 술이 세기 때문에 항상 마지막까지 남아 있을 수 있는 것이다.

"이봐, 조장! 꺼억!"

낭랑은 진검룡의 얼굴에 대고 냅다 트림을 퍼부었다. 술 냄새와 온갖 요리 냄새가 뒤섞인 악취를 고스란히 맡고서도 진검룡은 태연했다.

"나 말이야, 오늘 밤에 조장에게 봉사할게. 끅! 내 순결 주겠다고. 알았어?"

"알았다."

꽤 진검룡은 미소 지으면서 건성으로 고개를 끄덕였다.

"좋… 아! 끄윽! 알았으니까 옷 벗어!"

낭랑은 진검룡의 허벅지를 베고 자고 있는 주소영을 저쪽으로 밀어놓고는 흐느적거리면서 그의 괴춤 끈을 푸느라 하체를 더듬거렸다.

휘익!

퍽! 쿵!

다음 순간 낭랑은 실내를 가로질러 날아가서 벽에 호되게 부딪쳤다가 바닥을 나뒹굴었다.

그리고 그녀는 일어나지 않았다. 너무 취해서 그 길로 깊은 잠에 빠져 버린 것이다.

딸이 그 지경이 됐는데도 낭랑의 부친은 뭐가 좋은지 빙그레 웃고만 있었다.

취해서 잠이 든 사람들을 방으로 보내고 진검룡은 옥청과 부상쾌, 훈용강과 더불어 술을 더 마셨다.

자신들의 자리를 되찾은 옥청과 부상쾌는 각각 진검룡의 좌우에 앉아서 행복한 미소를 짓고 있었다.

자정이 넘어갈 무렵이 돼서야 진검룡은 옥청과 부상쾌의 부축을 받으며 일어섰다.

다른 사람이 보기에는 두 여자가 진검룡을 부축하는 것 같지만 실상은 그가 몹시 취한 두 여자가 쓰러지지 않도록 부축하고 있는 것이다.

술 마실 때 공력을 사용하지 않는다지만 아무려면 그가 여자들보다 술이 약하겠는가.

진검룡은 부상쾌를 그녀의 방 침상에 눕히고, 이어서 옥청을 그녀의 방으로 거의 안다시피 데려갔다.

그런데 그가 문을 열려고 할 때 옥청이 두 팔로 그의 허리를 꼭 안으며 힘을 주었다.

그의 가슴에 얼굴을 묻고 있어서 그녀의 얼굴은 보이지 않았으나 그는 그녀의 내심을 알아차렸다.

오늘 밤은 같이 자고 싶다는 뜻이다. 예전에 그녀가 풍훈(독감)으로 몹시 아팠던 날 이후 두 사람은 이따금씩 같이 자곤 했다.

물론 지금처럼 술이 취하면 옥청이 용기를 내서 그의 방을 찾은 것이고, 둘 사이에는 아직 육체적인 관계는 없었다.

진검룡은 옥청을 자신의 방으로 데리고 들어가서 침상에 눕히고 자신은 그 옆에 똑바로 누웠다.

옥청은 눕혀놓은 대로 진검룡 쪽을 향해서 꼼짝도 하지 않았다. 아마도 잠이 든 모양이다.

이상한 느낌에 진검룡은 잠이 깼다. 제일 처음에 느낀 것은 아랫도리, 즉 음경이 뻐근하다는 것이었다.

그리고 그다음에는 음경이 터져 버릴 것 같은, 다시 말해 크게 발기해 있는 것을 느꼈다.

그와 동시에 그는 옥청이 옆에서 자고 있다는 사실을 깨달았다. 그래서 음경의 발기가 그녀로 인한 것이리라고 짐작했다.

그는 눈을 뜨지 않고 그대로 가만히 있었다. 흥분을 했기에 그것이 유지되기를 바라기 때문도, 옥청이 무엇인가를 해주기를 바라는 것도 아니다. 단지 그녀를 난처하게 만들고 싶지 않다는 소박한 마음 하나뿐이었다.

그녀가 진검룡의 괴춤 속으로 손을 넣어 음경을 만지고 있는 중이었다.

진검룡은 아직 여자와 정사를 해보지 않은 동정(童貞)의 몸이다.

아주 가끔씩 생리적으로 몽정(夢精)을 하는 것 말고는 여자의 몸에 정액을 방출한 적이 없다.

하지만 그도 어엿한 남자다. 그것도 젊음이 한창인 이십대 중반의 나이다. 그러므로 지금 같은 경우에는 욕정을 참기가 힘들다.

하지만 그는 참았다. 그런데 그것이 어려운 일이다. 옥청은 계속 그의 음경을 만지면서 흥분을 가속시키고 있는데, 그것을 방치하면서 참아야 한다는 것이 쉽지가 않았다.

그때 갑자기 옥청이 손을 멈추더니 그의 괴춤에서 살며시 손을 뺐다.

그리고는 잠시 묘한 침묵이 흘렀고, 다시 그녀가 움직이기 시작했다.

그런데 이번에는 그녀가 몹시 조심스럽게 진검룡의 바지를 벗기고 있는 것이 아닌가.

"……!"

진검룡은 움찔 놀라서 상체를 일으켰다. 지금은 가만히 있을 때가 아니다.

그러자 옥청의 희고 가는 손이 뻗어와서 그의 가슴을 지그시 눌렀다.

아주 가볍게 밀고 있는데도 진검룡은 그녀의 누르는 힘을 이기지 못하고 다시 등을 바닥에 댔다.

그리고 그녀가 바지를 다 벗길 때까지 꼼짝도 하지 못했고 눈도 뜨지 못했다.

옥청의 쌕쌕거리는 가쁜 숨소리와 미친 듯이 두근거리는 심장 소리가 진검룡의 고막을 두드렸다.

그것은 그녀가 흥분했기 때문이 아니라 두려움에 떨고 있기 때문이었다.

그녀는 두려워하고 있었다. 그러면서도 진검룡의 바지를 벗기고 있다.

욕정을 채우기 위해서일까? 아니다. 그렇다면 이처럼 두려움에 떨고 있지는 않을 것이다.

그녀는 필경 진검룡을 사랑하고 있다. 그래서 지금 이 행위를 하려는 것일 게다.

거기까지가 진검룡이 이해할 수 있는 한계다. 그는 여자를 진심으로 사랑해 본 적도, 여자와 정사를 해본 적도 없기 때문에 그 이상은 알지 못한다.

마치 그것은 한 번도 발을 들여놓지 않은 미지의 세계 같은 것이다.

그렇다. 진검룡도 옥청처럼 두려워하고 있는 것이다. 정사 이후에 어떤 일이 벌어질 것인가를.

떨리는 손으로 진검룡의 바지를 벗기고 속곳까지 벗긴 옥청의 숨결이 더욱 가빠졌고, 저러다가 심장이 터지거나 가슴을 뚫고 튀어나오지 않을까 걱정이 될 정도로 심장이 쿵쾅거리고 있었다.

그리고 이윽고 그녀가 진검룡의 몸 위로 자신의 가녀리지만 풍만한 몸을 실었다.

그때 진검룡은 그녀가 나신이라는 사실을 처음 알게 되었다.

그녀는 진검룡의 입에 뜨거운 숨결을 토해내며 속삭였다.

"하아, 사랑해요."

이어서 입맞춤을 했다. 뜨거운 입맞춤이 아니라 바들바들 떨면서 두려움과 흥분이 뒤범벅된 입맞춤이다.

"검… 랑은 가만히 계세요."

입술을 떼더니 그렇게 속삭이고는 옥청은 조금 아래로 미끄러지듯이 내려갔다.

이어서 뺨을 진검룡의 가슴에 밀착시키고는 한 손으로 그의 단단한 음경을 잡고 자신의 다리를 한껏 벌리면서 둔부를 약간 들어 올렸다.

쿵쿵쿵쿵.

진검룡은 귀두에 축축하면서도 뜨거운 질 입구가 닿는 것을 느끼고는 심장이 마구 요동쳤다.

이어서 옥청이 무척이나 조심스럽게 둔부를 아래로 내렸다.

"아……."

"음……."

그 순간 음경이 그녀의 몸속으로 빨려들어 가며 두 사람은 동시에 신음을 토해냈다.

마침내 진검룡은 여태까지 알지 못했던 미지의 세계로 진입했다. 그리고 옥청은 그를 미지의 세계로 이끌었다.

음경을 자신의 몸 깊숙한 곳까지 받아들인 옥청은 벼락을 맞은 듯 바르르 온몸을 떨면서 어쩔 줄 모르는 표정을 지으며 두 팔로 진검룡을 꽉 부둥켜안았다.

진검룡은 자신도 모르게 두 손을 뻗어 옥청의 둔부를 힘껏 움켜잡았다.

그때 그는 한 가지 사실을 깨달았다. 사랑하는 여인과의 정사는 두려움이 아니라 환희라는 사실을.

새벽 인시(4시). 진검룡은 무엇인가를 감지하고 번쩍 눈을 떴다.

미약한 파공음이 중신계에서 내신계 방향으로 향하고 있는 것을 감지한 것이다.

파공음을 일으키는 것은 하나가 아니다. 수백 개다. 하지만 그것은 진검룡처럼 초절정고수만이 감지할 수 있을 정도로 극히 미미했다.

그는 본능적으로 천의맹이나 혈마련의 급습이라고 추측했다.

그러나 대규모 급습은 아니다. 이렇게 빨리 수만 명의 고수를 모을 수는 없다.

그렇다면 천의맹이나 혈마련의 최정예고수 수백 명이 총

신계의 머리에 해당하는 십육두각을 급습하려는 것이 분명하다.

십육두각의 진검룡과 수뇌부를 모조리 제거하면 총신계와 보천신계가 무력화될 것이라고 판단했을 것이다.

총신계 전체는 매일 밤 이천 명 이상의 무사들이 경계를 하고 있다. 그중 천 명이 중신계와 내신계 사이에 배치되어 있는 상태다.

그런데도 미약한 파공음 이외에 아무 소리도 들리지 않는다는 것은 침입자들이 아무에게도 들키지 않고 내신계로 잠입하고 있다는 사실을 의미하는 것이다.

옥청은 눈부시게 흰 나신을 고스란히 드러낸 채 진검룡의 팔베개를 하고 그의 가슴에 손을, 그리고 하체에는 다리를 얹고는 너무도 평온하고 만족한 듯한 표정을 지으면서 깊이 잠들어 있었다.

[청매, 일어나시오.]

"음……."

진검룡의 전음에 옥청이 깨어나면서 신음을 흘리려 하자 그는 급히 입술로 그녀의 입술을 막고 전음을 보냈다.

[청매, 침입자가 있소.]

그가 입을 포개자 마구 엉겨 붙으면서 혀를 빨려고 하던 옥청은 뚝 동작을 멈추고 커다란 눈이 더욱 커졌다.

[즉시 옷을 입고 모두를 깨운 후에 지하 석실로 내려가서

절대 나오지 마시오.]

그녀의 몸이 바르르 떨리는 것이 진검룡에게 고스란히 전해져 왔다.

그녀는 진검룡을 빤히 바라보며 두려운 표정으로 무슨 말을 하려는 듯했으나 끝내 아무 말도 하지 못했다. 말을 해서는 안 된다는 것을 알았기 때문이다.

지난밤에 두 사람은 부부가 되었다. 그런데 지금 옥청은 알 수 없는 불길함을 본능적으로 느끼고 있다. 진검룡이 지금처럼 긴장하는 모습을 처음 보기 때문이다.

진검룡은 마음이 급했으나 옥청을 다그치지 않았다.

옥청은 진검룡의 품에 안겨 그를 힘껏 끌어안고는 아주 작은 목소리로 속삭였다.

"무사하셔야 해요."

칠흑같이 어두운 밤.

진검룡은 경혼각 오층 창문에서 쏘아 올라 곧장 십육두각을 향해 비조처럼 날아갔다.

야공으로 높이 날아오른 그는 힘껏 사자후를 터뜨렸다.

"우우우우―!"

그 외침은 너무 커서 주위의 기왓장이 들썩거리다가 후드득 떨어졌으며 최소한 삼십여 리 밖까지 퍼져 나갔다.

그 정도 사자후라면 총신계 삼만여 무사들이 일제히 깨어나 밖으로 쏟아져 나올 것이다.

그리고 사자후는 사방 먼 곳에서 들려오는 듯해서 진검룡의 위치를 쉽사리 발견하지 못할 것이다.

십육두각 상공에 이르렀을 때 그는 일단의 무리를 발견했다.

그리고 그들이 누군지 확인하는 순간 움찔 놀랐다.

'백호도대(白虎刀隊)!'

그렇다. 십육두각의 동쪽 방향에서 파도처럼, 그러나 추호의 기척도 없이 마치 밤의 끝자락처럼 밀려오고 있는 자들은 비록 흑의 야행복을 입고 있지만 천의맹 천의사대 중의 백호도대가 분명했다.

수년 동안 한솥밥을 먹은 진검룡이 그들을 알아보지 못할 리가 없다.

백호도대가 왔다면 진검룡의 친구였던 백호도신 독고무헌이 이끌고 왔을 것이다. 또한 백호도대 구백 명 전체가 몰려왔을 것이다.

천의사대는 천의맹 내에서 가장 막강한 집단이다. 청룡, 백호, 주작, 현무 사 개 대의 실력은 엇비슷하지만, 엄밀하게 따지면 청룡검대가 가장 강하고 그다음이 백호도대, 그리고 주작편대와 현무창대는 비슷한 수준이다.

믿어지지 않는 일이지만, 백호도대 구백 명과 총신계 삼만 명의 싸움은 팽팽하게 용호상박을 이룰 것이다.

총신계가 삼만 명이라고 해도 백호도대 구백 명 각자의 실력은 구대문파의 일급고수 수준이다.

정파무림의 수천 개 명문대파에서 선발한 고수들이기 때문에 당연한 일이다.

그때 진검룡의 안색이 급변했다. 다른 방향에서 또 다른 무리가 어둠 속에서 쏘아오는 광경을 발견한 것이다.

'이럴 수가……'

그의 얼굴에 놀라움이 떠올랐다. 아마도 그가 지금처럼 놀라는 것은 평생 처음일 터이다.

그는 야공에 정지한 상태에서 사방을 둘러보았다.

총신계 십육두각을 향해 쏘아오고 있는 것은 백호도대만이 아니었다.

얼마 전까지만 해도 진검룡이 이끌던 청룡검대를 비롯해서 주작편대와 현무창대까지, 천의사대 삼천이백 명이 동서남북 사방에서 쏘아오고 있는 것이다.

여간해서는 놀라거나 긴장하지 않는 진검룡이지만, 지금 눈앞의 상황을 보고는 크게 당황해서 어떻게 해야 할지를 몰랐다.

그의 얼굴에 망연자실함이 가득 떠올랐다. 백호도대 하나만으로도 벅찬데 천의사대 전부라니, 이것은 그가 꿈에서도 예상하지 못했던 최악의 상황이다.

그때 캄캄하던 주위가 대낮처럼 밝아졌다. 진검룡의 사자후를 듣고 쏟아져 나온 총신계의 무사들이 곳곳에 준비되어 있는 횃불에 불을 붙인 것이다.

어느덧 천의사대는 십육두각 앞의 드넓은 광장에 이르러 뒤쪽 인공 호수를 제외한 삼면을 겹겹이 포위했다.

평소 총신계의 무사들은 적의 급습에 완벽할 정도로 잘 훈련을 받아왔다.

그들은 광장에 집결해 있는 천의사대를 향해 마치 밀물처럼 몰려들었다.

"공격!"

"공격하라!"

삼면에서 천의사대를 포위한 거의 일만 오천여 무사들은 중계주들의 공격 명령이 떨어지자 일제히 도검을 뽑아 들고 천의사대를 향해 저돌적으로 쏟아져 갔다.

먼저 쏟아져 나온 무사들이 일만 오천 명이지만 곧 나머지 일만 오천 명도 싸움에 가세하게 될 것이다.

이즈음의 총신계 무사들은 무서움을 모르는 상태가 되었다.

몇 달 동안 밤낮 없이 발도산검파를 수련하여 예전보다 몇 배나 강해진데다, 총신계의 삼만 명은 더할 수 없이 단단한 결속력으로 뭉쳐져 있으며, 자신들의 최고 우두머리가 청룡검신이라는 사실 때문이다.

더구나 보천신계에는 십이만이라는 엄청난 무사들이 대기

하고 있지 않은가.

하지만 그들은 알지 못했다. 진검룡마저도 절망시키는 무적 집단이 이 세상에 존재하고 있으며, 그들이 오늘 새벽에 총신계를 급습했을 줄은.

진검룡이 아직 어떤 결정을 내리지 못하고 있는 상태에서 총신계의 무사들은 상대가 누군지도 모른 채 하루살이처럼 도검을 휘두르며 기세등등하게 쏟아져 갔다.

함성을 지르지는 않았으나 그들은 광장에 모여 있는 괴인물들을 단숨에 쓸어버릴 기세로 눈을 번뜩이며 몰려갔다.

'이 싸움은 안 된다. 무조건 패한다.'

잠시 동안 머릿속이 휑하게 황폐해졌던 진검룡이 퍼뜩 정신을 차렸을 때는 이미 총신계 무사들이 천의사대 고수들과 막 격돌하기 시작하고 있었다.

그러나 무리와 무리의 싸움에서 응당 터져 나와야 할 무기끼리 부딪치는 소리가 일체 들리지 않았다.

"흐악!"

"끄윽!"

"크아악!"

답답하고 애처로운 비명 소리만이 와르르 쏟아져 나와 밤하늘로 울려 퍼졌다.

하수와 고수의 싸움에서는 무기끼리 부딪치는 일 따윈 벌어지지 않는다.

하수가 공격을 하면 고수는 피하거나 막으려고 하지 않고 그전에 반격해서 하수를 죽여 버리기 때문이다.

밀물처럼 밀려가던 총신계 무사들의 제일선이 와르르 무너졌다. 한꺼번에 수백 명이 즉사한 것이다.

총신계 무사들 제이선은 앞선 동료들이 맥없이 푹푹 거꾸러지자 움찔 놀랐다.

하지만 뒤에서 동료들이 계속 밀어붙이는 바람에 멈출 수도 뒤돌아설 수도 없는 상황이다.

만 오천여 명의 총신계 무사들 뒤쪽에 또다시 나머지 일만 오천여 명의 무사들이 가세됐다.

"대첨차진(大尖車陣)으로 뚫어라!"

한 명의 대계주가 벼락같이 외쳤다. 어찌 들으면 울부짖음 같기도 했다.

첨차진은 발도산검파로 펼치는 검진의 하나로, 앞을 뾰족한 수레의 형상으로 만들어 적진을 뚫을 때 전개한다. 가장 큰 것이 대첨차진이고 두 번째가 중첨차진, 작은 것이 소첨차진이라고 한다.

"당황하지 마라! 대첨차진으로 재공격한다!"

목이 찢어져라 외치는 그 목소리는 내신일대계주 원익의 것이 분명했다.

총신계 무사들의 공격이 잠시 주춤했다. 대첨차진을 만들기 위해서다.

진검룡은 청룡검대 청룡검수들에게 발도산검파를 가르쳤으나 검진은 가르치지 않았다. 워낙 고강하기 때문에 그럴 필요가 없었다.

세 호흡 만에 백여 개의 대첨차진이 만들어졌고, 그 즉시 재공격이 이어졌다.

대첨차진은 삼백 명으로 이루어진다. 마치 수레바퀴에 수백 자루의 도검이 달려 있는 것처럼 대첨차진이 돌진하면 켜켜이 겹쳐진 수백 자루 도검이 맹렬하게 회전하면서 적에게 부딪쳐 가는 것이다.

평소에 철저하게 훈련을 한 총신계 무사들의 대첨차진 백여 개가 천의사대를 향해 저돌적으로 돌진하기 시작했다.

『대중원』 7권에 계속…

장영훈 新무협 판타지 소설

절대강호
絶代强虎

**보표무적, 일도양단, 마도쟁패, 절대군림에 이은
장영훈의 다섯 번째 강호 이야기.**
절대강호(絶代强虎)!!

악의 집합체 사악련에 맞선 정파강호의 상징 신군맹.
신군맹이 키운 비밀병기 십이귀병, 그들 중 최강의 실력을 지닌 적호.

**"우리가 세상을 얻기 위해 자식을 죽일 때…
그는 자식을 위해 세상과 싸우고 있어. 웃기지?"**

신군맹 후계 자리를 차지하기 위한 대공자와 삼공녀의 치열한 암투 속에서
오직 딸을 지키기 위한 적호의 투쟁이 시작된다.

**"맹세컨대, 내 딸을 건드리면…
상상도 할 수 없는 일이 벌어질 거야."**

Book Publishing CHUNGEORAM

유행이 아닌 자유추구 -
WWW.chungeoram.com

김용희 新무협 판타지 소설

天府天下
천부
천하

강호와 천하를 삼킨 천부(天府).
천부천하를 뒤흔든 게을러빠진 천재가 나타났다!

어떤 무공이든 한눈에 익힐 수 있는 공전절후한 무위.
좌수(左手) 마두, 우수(右手) 대협으로 펼치는 독창적인 무쌍류.
빼어난 요리 실력과 정도를 아는 횡령(?)까지.
놀라운 재능을 가진 무림의 신성 이무쌍!

그가 친우(親友) 소운과 자신의 안락함을 위해 강호에 섰다!
가슴 따뜻한 무쌍의 인정 넘치는 이야기.
천부천하(天府天下)!

Book Publishing CHUNGEORAM

대중원 大中原

2

1

임영기
新무협 판타지 소설

임영기
新무협 판타지 소설

강호 포(江湖組)

1

천룡(天龍)이 지상으로 내려왔다.
구름과 바람과 영웅들이 모여든다.

운종룡풍종호(雲從龍風從虎).

천룡이 가는 곳에 구름이 가고,
범이 가는 곳에 바람이 간다.

천룡은 구름과 바람을 일으켜
대중원(大中原)을 호령한다.

Book Publishing CHUNGEORAM

Dragon order of FLAME 폭염의 용제

김재한 판타지 장편 소설

「사이킥 위저드」, 「마검전생」의 작가 김재한!
그가 그려내는 새로운 액션 히어로가 찾아온다!

모든 것을 잃고 복수마저 실패했다.
최후의 일격마저 막강한 레드 드래곤 앞에서 무너지고,
죽음을 앞에 둔 그에게 찾아온 또 하나의 기회!

"네 운명에 도박을 걸겠다."

과거에서 다시 눈을 뜬 순간,
머릿속에 레드 드래곤의 영혼이 스며들었을 때,
붉은 화염을 지배하는 용제가 깨어난다!

강철보다 단단한 강체력을 몸에 두른
모든 용족을 다스리는 자, 루그 아스탈!

세상은 그를 '폭염의 용제' 라 부른다!

Book Publishing CHUNGEORAM

유행이 아닌 자유추구 -
WWW. chungeoram.com